발걸음 무거운 당신에게

쉼표 하나가 필요할 때

발걸음 무거운 당신에게
쉼표 하나가 필요할 때

초판 1쇄 인쇄 2019년 8월 9일
초판 1쇄 발행 2019년 8월 16일

지은이 | 이창현
펴낸이 | 전영화
펴낸곳 | 다연
주 소 | 경기도 고양시 덕양구 은빛로 41, 502호
전 화 | 070-8700-8767
팩 스 | 031-814-8769
이메일 | dayeonbook@naver.com
편 집 | 미토스
디자인 | 디자인 [연:우]
표 지 | 페이퍼마임

ⓒ 이창현

ISBN 979-11-87962-74-8 (03810)

이 도서의 국립중앙도서관 출판예정도서목록(CIP)은 서지정보유통지원시스템 홈페이지
(http://seoji.nl.go.kr)와 국가자료종합목록시스템(http://www.nl.go.kr/kolisnet)에서
이용하실 수 있습니다. (CIP제어번호 : CIP2019030797)

발걸음 무거운 당신에게
쉼표 하나가 필요할 때

이창현 지음

다연
DAYEONBOOK

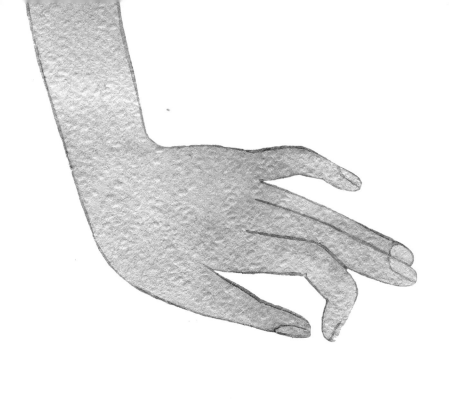

농사꾼은 땅에 씨앗을 심고
피땀을 흘려 곡식을 가꿉니다.

나는 원고지에 단어를 심고
생각을 붙잡아 글을 가꿉니다.

독자님은 가슴에 이 글을 심고
좋은 생각을 가꾸었으면 합니다.

얼굴을 펴면 인상이 좋아지고,
허리를 펴면 일상이 좋아지고,
마음을 펴면 인생이 좋아집니다.

이 책이 당신의 인생을 쫙 펴는
행복 다리미가 되어줄 것입니다.

Contents

마음이 복잡한 당신에게
쉼표 하나가 필요할 때

머리가 복잡한 당신에게
쉼표 하나가 필요할 때

일상이 복잡한 당신에게
쉼표 하나가 필요할 때

발걸음 무거운
당신에게
쉼표 하나가
필요할 때

마음이 복잡한 당신에게
쉼표 하나가 필요할 때

색의 3원색
파랑
노랑
빨강

사랑의 3요소
너랑
나랑
사랑

3요소

사랑의 주어

혼자일 때는
내가 좋아하는 음식을 먹고
내가 좋아하는 게임을 하고
내가 가고 싶은 곳을 가고
내가 하고 싶은 것을 했습니다.

사랑에 빠진 뒤에는
네가 좋아하는 음식을 먹고
네가 좋아하는 게임을 하고
네가 가고 싶은 곳을 가고
네가 하고 싶은 것을 했습니다.

사랑에 빠지기 전에는 '내'가 중요했지만
사랑에 빠진 뒤에는 '네'가 더 중요한 사람이 됩니다.

사랑에 빠지면
주어가
'나'에서 '너'로 바뀝니다.

사랑은 모든 것을
달콤하게 한다

아무리 쓴 소주도
당신과 마시면 쓰지 않습니다.
사랑이라는 안주는 목 넘김이 더 좋습니다.

아무리 쓴 커피도
당신과 마시면 쓰지 않습니다.
사랑이라는 시럽은 커피의 향을 더합니다.

아무리 쓴 인생도
당신과 함께라면 쓰지 않습니다.
사랑이라는 것은 인생의 행복을 더합니다.

천생연분

내 아내의 새끼손가락은 매우 짧은 편입니다.
주변 사람들은 아내의 새끼손가락을 '새우깡'이라고 놀립니다.
나는 그 새끼손가락이 귀엽기만 하여 매번 만지작거립니다.

내 배는 앞으로 튀어나온 것이 아니라 옆으로 나왔습니다.
주변 사람들은 내 배를 '드럼통'이라고 놀립니다.
아내는 잡는 느낌이 좋다며 매번 만지작거립니다.

누군가에게는 놀릴 거리지만
우리에게는 사랑할 거리입니다.

사랑을 나누다

내 아내의 손은 여름에는 뜨겁고 겨울에는 차갑습니다.
일명 '변온 손'입니다.
그에 비해 내 손은 적당한 온도로 사계절 유지합니다.

여름에 서로 손을 잡으면 내 손은 아내 손을 식혀주고
겨울에 서로 손을 잡으면 내 손은 아내 손을 따뜻하게 해줍니다.

서로 손을 잡는다는 건
서로의 체온을 나누는 것입니다.

어려운 사람들의 손을 잡는다는 건
서로의 사랑을 나누는 것입니다.

36.5도

사람 체온이 36.5도인 이유는
1년(365일) 동안 작은 사랑(0.1%)을
매일 나눌 수 있기 때문입니다.

짝꿍

실과 바늘
악어와 악어새
칫솔과 치약
꽃과 벌
엄마와 아빠
파전과 막걸리
커피와 책 한 권
돈키호테와 산초
유재석과 박명수
차 한 잔과 이야기
술과 뒷담화
수요일과 장미
봄과 벚꽃
풍경과 사진기
TV와 리모컨

뭐니 뭐니 해도 이 세상 최고의 짝꿍은
너와 나!

함께하는 커피가
더 향이 진합니다.

함께하는 음식이
더 맛이 좋습니다.

함께한 여행을
더 자주 곱씹습니다.

혼자도 좋지만
함께면 더 좋습니다.

함께 1

라면

라면에 계란을 넣으면 계란라면.
라면에 만두를 넣으면 만두라면.
라면에 떡을 넣으면 떡라면.
라면에 치즈를 넣으면 치즈라면.
라면에 무엇을 넣느냐에 따라 라면의 맛은 바뀝니다.

인생에는 무엇을 넣으면 될까요?
나는 그대를 넣고 싶습니다.
그대라면.

그대와 내 인생이 행복할 듯합니다.
함께라면.

기억나는
사람

그 사람이 살아 있을 때는 가장 많이 가진 사람을 기억하지만
그 사람이 세상에 없을 때는 가장 많이 나눈 사람을 기억합니다.

훗날, 위대한 사람은
가장 많은 것을 가진 사람이 아니라
가장 많이 나눈 사람인 듯합니다.

집안일

집안일은
집안사람 혼자 하는 일이 아니라
집 안에 사는 모든 사람이 함께하는 일입니다.
남편, 아들, 딸 모두가!
🎁

사랑을 남긴다

호랑이는 죽어서 가죽을 남기고, 사람은 죽어서 이름을 남깁니다.

사람은 살아서 이름을 남기려 하면 안 되고, 사랑을 남겨야 합니다.
그렇게 남긴 사랑은 사라지지 않고 후세에게 전해집니다.
후세는 그 사랑을 기억하기 때문에 그의 이름도 기억합니다.

사랑을 남긴 사람은 기억됩니다.
사랑을 남기면 이름도 남습니다.

마음씀씀이

돈은 좋은 것일까요, 나쁜 것일까요?
돈으로 원하는 것을 사면 좋습니다.
반대로 돈 때문에 살인이 일어나면 나쁜 겁니다.
돈은 좋은 것도 나쁜 것도 아닌, 중립입니다.
다만, 그 돈을 쓰는 사람에 달렸습니다.

사람 또한 중립입니다.
좋은 사람, 나쁜 사람이 따로 없습니다.
남을 돕는 마음을 쓰는 사람은 좋은 사람이 되고,
남을 해하는 마음을 쓰는 사람은 나쁜 사람이 됩니다.

모든 것은 자신의 마음씀씀이에 달렸습니다.

마음의 꽃씨

말할 때마다 꽃향기가 나는 사람이 있는가 하면
말할 때마다 잡냄새가 나는 사람이 있습니다.

그건 말 자체에 문제가 있는 것은 아닙니다.
단지, 마음에 문제가 있습니다.

마음에 불만을 심은 사람은 말에서 잡냄새가 나게 마련이고
마음에 꽃씨를 심은 사람은 말에서 꽃향기가 나게 마련입니다.

친구 같은 아내,
친구 같은 남편

어른들이 나에게 말했습니다.
"친구 같은 아내와 결혼하면 좋아!"

결혼하기 전에는 이 말이
그냥 편하게 지낼 수 있는 사람을 뜻하는 줄 알았습니다.

우리는 친구라는 존재에게 어떤 마음을 가질까요?
우리는 친구에게 딱히 덕을 보려 하지 않습니다.
그저 친구는 친구일 뿐 높은 기대치를 품지 않습니다.

배우자에게 기대하거나, 바뀌길 원하면 싸움은 연속됩니다.
배우자에게 최소한 덕을 주지는 못할망정 덕 보려고 하지 마세요.

내가 행복할 때보다

배고픈 시절,
어머니는 자식이 맛있는 것을 먹으면
정작 당신은 아무것도 드시지 않고도 이렇게 말씀했습니다.

"맛나게 먹는 걸 보니, 내 배가 더 부르구나!"

내가 배부를 때보다
자신이 사랑하는 아이가 배부를 때 더 배가 부릅니다.
내가 행복할 때보다
자신이 사랑하는 사람이 행복할 때 더 행복합니다.

따뜻한 마음이
담긴 커피

강의하러 경주에 갔습니다.
시간이 많이 남아 강의 장소 옆 아담하고 귀여운 커피숍에 들렀습니다.

커피 한 잔을 시키고 자리를 잡았습니다.
강의안도 수정하고 책도 읽느라 30분이 지났습니다.
보통 때 같으면 금세 식던 커피가 여전히 따뜻했습니다.

나는 사장님한테 물었습니다.
"사장님, 커피가 아직도 따뜻하네요. 보통 커피는 십 분이 지나면 식던데, 이 커피는 아직도 따뜻해요. 무슨 비법이라도 있어요?"
"비법은 무슨…… 그런 거 없어요. 컵에 미리 따뜻한 물 한 번 받아서 데운 뒤, 커피를 넣은 것뿐이에요."

나는 사장님의 작은 배려로
따뜻한 마음이 담긴 커피를 마실 수 있었습니다.

커피의 맛

눈이 내리는 영하의 겨울날,
고급 별다방의 캐러멜 마키아토라도
외로이 혼자 마시는 것에는 탄 맛이 납니다.

눈이 내리는 영하의 겨울날,
몇백 원짜리 길거리 자판기 커피라도
임과 함께 마시는 것에는 단맛이 납니다.

한잔하자

커피와 술의 공통점!
둘 다 씁니다.
둘 다 중독됩니다.
둘 다 종류가 다양합니다.
둘 다 섞어 먹으면 다른 맛이 납니다.
둘 다 마시면 화장실에 가고 싶습니다.

커피와 술의 차이점!
커피는 낮에 당기고, 술은 밤에 당깁니다.
커피는 잠을 쫓고, 술은 잠을 부릅니다.
커피는 전 연령이고, 술은 19세 이상입니다.
커피는 그냥 마시고, 술은 잔을 부딪쳐 마십니다.

어찌 됐건,
커피이든 술이든 "한잔하자!" 하는 사람이 많을수록 좋습니다.

술은 주로 밤에 사람을 이어주고,
커피는 주로 낮에 사람을 이어주기 때문입니다.

새로운 장소

이사하다가 우연히 어린 시절의 일기장을 찾았습니다.
일기장 대부분은 반복적인 내용이었습니다.

똑같은 일상은 1페이지 중 절반도 쓰지 않았습니다.
말하자면 '집-학교-집-학교'의 반복이었습니다.

일기장 속에는 간간이 2페이지 이상 쓴 날도 있었습니다.
그런 날은 수영장, 친척네, 놀이동산 등 새롭게 어딘가를 갔습니다.

새로운 장소에 가면 새로운 일이 생겨났다는 것을 알았고,
그날은 즐거워서 쓰기 싫은 일기가 쓰고 싶은 일기로 바뀌었음을 알
았습니다.

무료한 일상에 지치면 가끔 새로운 장소로 가봅니다.
그곳에는 새롭고 재미있는 일들이 나를 기다리고 있습니다.

당신은 나의 태양

아내가 결혼하기 전에 나에게 물었습니다.
"창현 씨는 결혼이 뭐라고 생각해요?"

나는 10초 정도 생각하고 이렇게 말했습니다.
"결혼은 당신이 나의 태양이 되는 거예요."

아내는 잠시 생각하더니 아는 듯 모르는 듯 되물었습니다.
"태양이라니, 어떤 의미에서요?"

"지금까지는 내 마음대로 살았던 거 같아요. 이제 결혼을 하면 내가
지구가 되고 당신이 태양이 되는 거죠. 지금까지 내 아침은 해가 뜨고
지는 것이 결정했다면 이제는 내 아침은 당신이 일어나고 자는 것에
의해 결정되겠죠. 그리고 지구가 생을 마감할 때까지 태양 주변을 공
전하는 것처럼 나도 내 생이 끝날 때까지 당신의 주위를 돌 겁니다."

지금 생각해보니 약간 오글거리는 감도 있지만,
위기(?)를 잘 넘긴 것 같습니다.

오늘도 나는 어김없이 그녀 주위를 공전하고 있습니다.

바다는
하늘을 품고

맑은 하늘이 있는 날은 바다도 푸릅니다.
구름 낀 하늘이 있는 날은 바다도 어둑어둑합니다.
번개가 치는 하늘이 있는 날은 바다도 화나 있습니다.
하늘에 따라 바다도 닮습니다.

당신이 기분이 좋으면 나도 기분이 좋습니다.
당신이 화나 있으면 나도 화가 납니다.
당신이 슬프면 나도 슬퍼집니다.
당신에 따라 나도 닮습니다.

서로가 닮아가는 이유는
바다는 하늘을 품고 있고
나는 당신을 품고 있기 때문입니다.

행복의 열쇠

이별남: 애인이랑 헤어져서 힘들어요.
행복의 열쇠를 헤어진 애인이 가지고 있습니다.

운전자: (차 한 대가 불쑥 끼어들자) 아 짜증 나, 뭐 저런 ×××가 다 있어!
행복의 열쇠를 앞차가 가지고 있습니다.

취준생: 점을 봤더니 올해는 재수가 없다네요.
행복의 열쇠를 점쟁이가 가지고 있습니다.

아내: 남편이 집에 늦게 들어오고 집안일도 안 도와줘서 미워요.
행복의 열쇠를 남편이 가지고 있습니다.

워킹맘: 애가 말을 안 들어서 화나요.
행복의 열쇠를 아이가 가지고 있습니다.

vs.

이별남: 애인이랑 헤어져도 더 좋은 사람 만날 겁니다.
행복의 열쇠를 이별남 자신이 가지고 있습니다.

운전자: (차 한 대가 불쑥 끼어들자) 엄청나게 바쁜 일이 있나 보네.
행복의 열쇠를 운전자 자신이 가지고 있습니다.

취준생:올해는 운수대통할 거야.
행복의 열쇠를 취준생 자신이 가지고 있습니다.

아내:늦게 들어오는 남편…… 얼마나 힘들까!
행복의 열쇠를 아내 자신이 가지고 있습니다.

워킹맘:애가 말을 안 듣는 것은 당연하지.
행복의 열쇠를 워킹맘 자신이 가지고 있습니다.

행복의 열쇠를 상대에게 주면
그 상대에 따라 행복이 열렸다 닫힙니다.

행복의 열쇠를 내가 가지면
언제든지 내 마음대로 행복을 열 수 있습니다.

종이컵

종이컵은 물과 만났을 때 일회용 용기였습니다.
종이컵은 커피믹스를 만났을 때 일회용 용기였습니다.
종이컵은 설거지하기 싫을 때 한 번 쓰고 버린 용기였습니다.

종이컵이 촛불을 만났습니다.
대한민국 시민들의 용기를 보여주었습니다.

종이컵이 촛불을 만났습니다.
대한민국의 혁명을 만들어갔습니다.

무엇을 만나느냐에 따라 쓰임은 달라집니다.

위기 속에는
기회가 숨어 있다

할아버지는 한 해 벼농사가 끝나면 논에 불을 질러버렸습니다.
당시 초등학생이던 나는 할아버지께
왜 논에 불을 지르는지 물었습니다.
할아버지는 병충해나 잡초들을 죽여야
내년에 농사가 잘된다고 했습니다.
불을 지르는 이유는 내년에 더 좋은 벼를 재배하기 위해서였습니다.

한 어부가 올해는 태풍이 없다며 한탄했습니다.
태풍이 없으면 바다에 나가서
어업하기 더 좋을 텐데 왜 그럴까 궁금했습니다.
어부는 태풍이 와야 해류가 섞여 먹이도 많아지고
어종도 풍부해진다고 했습니다.
태풍이 우리에게 나쁜 영향만 준다고 생각했는데
어업에 도움 되기도 했습니다.

최순실 국정농단 사태가 왔을 때 정치권을 향한 우려가 컸습니다.
법륜 스님은 이번이 좋은 기회라고 했습니다.
스님은 이번 사태를 통해 견고하던 지역주의도 완화되었고,
정치에 무심하던 사람들이 큰 관심을 가지게 되었고,
광화문에 모인 촛불은 21세기의 민주주의를
새롭게 쓰는 계기가 되었다고 했습니다.

논바닥을 태워 먹는 시뻘건 불에도,
폭풍우를 몰고 오는 태풍에도,
나라를 뒤흔드는 정치권 문제에도…….

저마다의 위기를 잘 들여다보니
그 속에는 기회가 숨어 있었습니다.

행복의 끓는점

물은 100도에서 끓습니다.
압력이 낮아지는 산에서는 약 80도에서 끓습니다.
압력이 높은 밥솥에서는 120도 이상에서 끓습니다.

사람도 저마다 행복의 끓는점이 다릅니다.
김밥 파는 할머니는 외부의 압력이 낮아
100만 원을 기부하며 행복해합니다.
어떤 이는 외부의 압력이 높아 100만 원으로는
다른 사람과 비교하며 불행해합니다.

행복의 끓는점은
외부의 압력 때문에 변하는 것이 아닌,
내 마음의 압력에 따라 변합니다.

행복하게 만들면
나도 행복해진다

"힘내"라고 그에게 말했습니다.
그 사람은 덕분에 내가 힘이 났습니다.

"오늘도 즐거운 하루 보내세요"라고 그에게 말했습니다.
그 사람은 덕분에 내 기분이 좋아졌습니다.

신기한 것은, 말한 나도 힘이 나고 기분이 좋아졌습니다.
다른 사람을 격려하는 건 곧 나를 격려하는 것입니다.

누군가를 행복하게 하면
나도 행복해집니다.

따뜻한 청진기

청진기는 배려 때문에 만들어졌습니다. 원래 의사들은 사람의 심장 소리를 듣기 위해서 의사의 귀를 환자의 가슴에 직접 대고 소리를 들었습니다. 여자 환자들은 남자 의사가 심장 소리를 듣는 행동에 난처했지만, 병을 고치기 위해서는 참아야만 했습니다.

프랑스의 의사 라에네크는 여자 환자들의 난처함을 해결하고 싶었습니다. 그는 산책하다가 아이들이 나무막대를 서로의 귀에 대고 재잘거리며 웃는 모습을 우연히 보았습니다. 그는 그 모습을 모고 영감을 받았습니다. 그는 종이를 말아 실로 묶은 뒤 환자의 가슴에 대어보았습니다. 그러자 환자의 심장 소리가 들렸습니다. 여자 환자를 배려하기 위해 만든 이것이 청진기의 시초였습니다.

그렇게 청진기가 발명되었고 전 세계에 보급되었습니다. 청진기의 체스트 피스(진찰하는 머리 부분)는 쇠로 만들어져 차갑습니다. 환자들은 몸에 체스트 피스가 닿는 순간 차가워 놀라기도 합니다.
그런데 60년 전, 우리나라의 한 여의사는 체스트 피스를 자신의 가슴에 품었습니다. 여의사의 체온으로 따뜻해진 청진기 덕분에 환자들은 편하게 진찰을 받았습니다.

환자를 사랑하고 배려하는 두 사람의 생각이
청진기를 더욱 따뜻한 도구로 만들었습니다.
상대를 배려하는 생각이 더 따뜻한 세상을 만듭니다.

행복의 기원

서은국 교수의 《행복의 기원》이라는 책이 있습니다.
이 책에서 인상 깊게 느낀 점은 두 가지입니다.

첫 번째, 행복은 목적이 아닌 수단이다.
두 번째, 행복은 좋은 사람과 맛있는 것을 먹는 것이다.

특히, 두 번째에 더 많은 공감이 되었습니다.
흔히 결혼하면 살찐다고 하는데 이유가 이 때문입니다.
저녁마다 좋아하는 사람과 있으면서 맛있는 음식까지 먹으니까요.

오늘 저녁
좋은 사람과
좋은 음식을 먹으며
좋은 이야기를 나누어보세요.

PS
이 글의 집필 당시,
결혼한 지 6개월이 되었고 6킬로그램이 늘었습니다.

요섹남

'쿡(cook)방'이 유행하면서
화려한 썰기와 요리 기술을 선보이는 요리 잘하는 셰프들을
사람들은 '요섹남(요리하는 섹시한 남자)'이라고 불렀습니다.

사실 나는 요리를 많이 접해보지 못했고,
레시피라고는 라면과 김치볶음밥이 전부입니다.
아내에게 요리를 얻어먹고 내가 하는 것은 설거지뿐입니다.
어느 날, 조금 일찍 퇴근하면서 사 간 떡볶이에
약간의 재료를 더해 볶음밥을 만들어놓고 아내를 맞이했습니다.
아내는 "와" 하는 함성과 함께 기쁜 표정을 지었습니다.
아내에게 요섹남이 되는 순간이었습니다.

나는 사과도 깎는 것이 귀찮아서 잘 먹지 않는 편입니다.
매번 아내가 깎아놓은 사과만 먹었는데,
아내가 화장하는 동안 서툰 칼질로 사과를 깎아놓았습니다.
그랬더니 아내는 "와!" 하며 기쁜 표정으로 나를 한동안 바라보았습니다.
아내에게 요섹남이 되는 순간이었습니다.

꼭 요리를 잘하는 남자가 요섹남인 건 아닙니다.
사랑을 담아 요리하는 남자가 진정한 요섹남입니다.
자주는 아니더라도 사랑하는 사람에게 가끔 요리해볼 생각입니다.

끝을 알면
모든 순간이 행복하다

나는 다섯 살 때부터 할머니, 할아버지와 살았습니다.
성인이 된 후에도 계속 함께 살았습니다.
할머니, 할아버지는 나에게 엄마 아빠 같은 존재였습니다.

10년 전에 할아버지가 돌아가셨습니다.
할아버지에게 내가 할 수 있었던 것을 하지 못했다는 후회가 크게 밀려왔습니다.
나는 할아버지 영정 사진 앞에서 눈이 터질 듯 울었습니다.
그렇게 울다 지쳐, 바닥에서 쓰러져 잠이 들어버렸습니다.

잠에서 깨어났는데 영정 사진 앞에서 할머니가 울고 계셨습니다.
그 순간 언젠가 할머니도 돌아가실 거라는 생각이 들었습니다.
할아버지한테 하지 못한 것을 할머니에게 하겠노라 마음먹었습니다.

그 후 할머니가 가지 않겠다는
해외여행, 벚꽃놀이, 단풍놀이, 병원 가기 등
내가 할머니한테 해드릴 수 있는 것을 최대한 했습니다.

결국, 2017년 4월 할머니는 하늘나라로 가셨습니다.
그 슬픔은 컸지만, 할머니와 많은 추억을 만들었기에

할아버지가 돌아가셨을 때보다는 후회는 적었습니다.
할머니와 만든 추억들을 회상해보았습니다.
좋았던 순간도, 힘들었던 순간도 모두 소중했습니다.

나는 그때 알았습니다.
끝을 알면 모든 순간이 행복하게 느껴진다는 것을……

행복과
불행의 차이

사람들은 월요일 아침을 매우 싫어합니다.
왜냐하면 만나기 싫은 사람을 만나고
하기 싫은 일을 해야 하기 때문입니다.

사람들은 금요일 저녁을 아주 좋아합니다.
왜냐하면 만나고 싶은 사람을 만나고
하고 싶은 일을 할 수 있기 때문입니다.

행복과 불행의 차이는 간단합니다.
불행은 싫어하는 사람을 만나거나 싫어하는 일을 하는 것입니다.
행복은 사랑하는 사람을 만나거나 좋아하는 일을 하는 것입니다.

헤아리다

참으로 지독한 가난을 겪었습니다.
가난한 사람들을 위해 기꺼이 손을 내밀어 도움을 주었습니다.

사랑하는 사람과 이별하는 아픔을 겪었습니다.
다른 이가 이별했을 때 그 마음을 헤아려주었습니다.

부모님을 여의는 슬픔을 먼저 겪었습니다.
부모님을 여읜 친구의 손을 꼭 잡으며 마음을 헤아려주었습니다.

내 가난은 남의 가난을 헤아릴 수 있고,
내 이별은 남의 이별을 헤아릴 수 있고,
내 슬픔은 남의 슬픔을 헤아릴 수 있습니다.

당신의 아픔은
먼 훗날,
누군가를 헤아릴 산 경험이 됩니다.

즐거운 생활

이 세상에 즐거운 공부는 없습니다.
다만 즐겁게 공부하는 사람만 있을 뿐입니다.

이 세상에 즐거운 직장은 없습니다.
다만 즐겁게 일하는 사람만 있을 뿐입니다.

즐거운 사람은 직장을 놀이터로 생각하고
지루한 사람은 직장을 감옥으로 생각합니다.

우리는 초등학교 1학년 때 교과서 《즐거운 생활》을 배웠습니다.
사회의 첫걸음부터 즐거움을 찾고, 언제나 즐거움을 찾아야 합니다.

오늘도 즐거운 일들을 찾으세요.
오늘도 즐거운 하루를 만드세요.

먹고 마시는 것을 통해
내 피와 살이 만들어집니다.

보고 듣는 것을 통해
내 생각이 만들어집니다.

만나는 사람을 통해
내 인생이 만들어집니다.

오늘도
좋은 것을 먹고,
좋은 것을 보고,
좋은 이를 만나서
좋은 하루를 만드세요.

좋은 하루

행복은 조건부가 아니다

학창 시절에는 1등만 하면
행복할 것 같았습니다.

고3 시절에는 대학만 가면
행복할 것 같았습니다.

대학 시절에는 취직만 하면
행복할 것 같았습니다.

총각 시절에는 결혼만 하면
행복할 것 같았습니다.

직장인 시절에는 승진만 하면
행복할 것 같았습니다.

하나의 조건이 이뤄지면 행복할 듯했는데,
다른 조건이 나타나 행복을 가렸습니다.

행복은
조건에 있는 것이 아니라
내 마음에 달려 있습니다.

자주 표현하는 마음에는
녹이 슬지 않는다

아주 오랜만에 창고에 들렀습니다.
창고 문은 자물쇠로 잠겨 있었습니다.
열쇠를 찾아와 자물쇠를 열려고 했지만 잘 열리지 않았습니다.
자물쇠 안쪽에 녹이 슬어 있었습니다.
기름칠하고 안간힘을 쓴 뒤에야 자물쇠가 열렸습니다.
반복해서 자물쇠를 쓸 때는 힘들이지 않고 쉽게 열렸습니다.

아주 오래 산 부부를 TV에서 보았습니다.
그 부부는 마음을 표현하지 않고 있었습니다.
MC가 남편에게 "사랑해"라는 한마디를 권유했지만 쑥스러워했습니다.
너무 오랫동안 표현하지 않아 마음의 녹이 슬어 있었던 모양입니다.
주변의 박수와 함성을 들은 뒤에야 "사랑해"라는 말이 나왔습니다.
반면, 자주 마음을 표현한 부부는 힘들이지 않고 쉽게 사랑을 말합니다.

자주 사용하는 자물쇠에는 녹이 슬지 않듯,
자주 표현하는 마음에는 녹이 슬지 않습니다.

마음에 자물쇠를 채우고 아껴 쓰는 구두쇠는 되지 마세요.
마음은 쓰면 쓸수록 불어나는 유일한 것이니까요.

여행을 미루지 말라

스물여덟 살 때 처음 해외여행을 갔습니다.
가이드와 함께하는 패키지여행이었습니다.
가이드와 친해져서 그 나라 이야기도 많이 들을 수 있었습니다.

그 나라의 명산에 올랐다가 내려가는 길에
가이드는 나에게 말했습니다.
"여행은 심장이 떨릴 때 가는 것이지,
다리가 떨릴 때 가는 게 아니에요."

돈이 없다는 핑계로,
시간이 없다는 핑계로,
여행을 미룬 내가 부끄러워졌습니다.

이후 여행하기를 주저할 때마다
가이드의 말을 떠올리며 행동으로 옮겼습니다.

그렇습니다, 정말 백번 옳습니다.
여행은 심장이 떨릴 때 가는 것이지,
다리 떨릴 때 가는 게 아닙니다!

여행은 사람이 더 중요하다

2011년에 할머니와 고모 그리고 고모부와
베트남 호이안에 다녀왔습니다.

2016년에 나는 아내와
베트남 호이안에 또 다녀왔습니다.

그러고는
장인어른, 장모님, 처형네와 함께 가는
호이안 여행 계획을 아내에게 말했습니다.

아내는 말했습니다.
"여보, 이번에 가면 세 번째인데 다른 곳에 가요."

나는 말했습니다.
"장소는 같지만 가는 사람이 다르잖아요.
여행에서 장소도 중요하지만, 사람이 더 중요한 듯해요.
장소는 추억의 배경이지, 추억의 핵심은 함께 가는 사람이에요."

그렇게 나는 같은 장소에서
더 멋진 세 번째 추억을 만들었습니다.

설렘이라는 알람

어떤 날은 알람을 맞추고 잠을 자도
일어나기 힘든 날이 있습니다.
'5분만 더' 하면서 눈감기를 반복하다가
겨우 피곤한 몸을 일으킵니다.

여행을 가는 전날 알람을 맞추고 잠을 자면,
다음 날 알람 시간보다 눈이 먼저 떠집니다.
정말 신기하게도 피곤하지 않습니다.

생각해보니,
수학여행을 가거나 컴퓨터를 사거나 데이트하는 날이면
설렘이라는 알람이 시계 알람보다 먼저 나를 깨웠습니다.

함께 2

'스트리트 파이터 2'가 나오자마자
오락실 최고의 게임이 되었습니다.
대부분의 대전 게임은 컴퓨터를 상대했는데
스트리트 파이터 2는 사람과도 할 수 있는 게임이었습니다.

'스타크래프트'가 나왔을 때
컴퓨터 게임의 한 획을 그었습니다.
대부분의 전략 시뮬레이션 게임은 컴퓨터를 상대했는데
스타크래프트는 최대 8명의 사람이 함께할 수 있는 게임이었습니다.

혼자 하는 게임도 재미있지만, 함께 하는 게임이 더 재미있습니다.
혼자 즐기는 인생도 재미있지만, 함께 즐기는 인생이 더 재미있습니다.

생명에 지장이 없는 것

공기는 공짜입니다.
비는 공짜입니다.
태양은 공짜입니다.

아파트는 비쌉니다.
차는 비쌉니다.
백은 비쌉니다.

공기, 비, 태양은 없으면 생명을 잃습니다.
아파트, 차, 백은 없어도 생명에 큰 지장이 없습니다.

지금, 생명에 지장 없는 것들을 위해
생명에 지장이 있는 것을 등한시하지는 않나요?

행복은
현재에 있다

인기가 없어 불행하면 인기가 있어도 불행하고
돈이 없어 불행하면 돈이 있어도 불행하고
결혼하지 못해 불행하면 결혼해서도 불행합니다.

없는 것을 행복의 기준으로 삼으면
충족되어도 그 기준은 높아지거나 바뀝니다.

현재 행복하지 않으면
나중에도 행복하지 않습니다.
현재 행복을 찾고 행복을 느끼는 사람은
훗날에도 행복이 연속됩니다.

행복은 미래에 있는 것이 아닙니다.
행복은 현재에 있습니다.

오늘도 행복하세요!

행복은 가까이

자동차 사이드미러를 바라보았습니다.
'사물이 거울에 보이는 것보다 가까이 있음'

내 인생의 사이드미러를 바라보았습니다.

'소중한 사람은 보이는 것보다 가까이 있음'
'찾아 헤매는 행복은 생각보다 가까이 있음'

별 볼 일

도심에서는 별이 잘 보이지 않습니다.
나는 매일 별 볼 일이 없었습니다.

2015년 겨울, 강원도 화천 감성마을로 이외수 선생님 연수에 갔습니다.
새벽 한 시가 넘어 연수가 끝났을 때 나는 밖으로 잠시 나왔습니다.
하늘에는 별이 땅으로 쏟아지기 직전이었습니다.
숙소 주위의 빛을 조금만 벗어나니 앞도 보이지 않을 만큼 어두웠습니다.
게다가 달도 뜨지 않아 어둠은 절정이었습니다.
올려다본 밤하늘에서 별들이 쏟아지기 시작했습니다.
도심에서는 매일 별 볼 일 없는 하루를 보냈는데, 여기서는 제대로
된 별을 볼 수 있었습니다.

도심에 있는 현대인은 별 볼 일이 없습니다.
스마트폰을 보느라, TV를 보느라, 컴퓨터를 보느라, 네온사인을 보느
라, 친구들을 보느라…….

가끔 나도 이런 스마트 잡음과 많은 잡념을 껐더니 비로소 나 자신을
제대로 볼 수 있었습니다.

너무 바쁘고 힘들고 지루한 일상의 잡음을 잠시 끄고 오늘은 내 마음
의 별을 찾아보세요.

별자리

북두칠성, 큰곰자리, 작은곰자리, 처녀자리, 사수자리 등
밤하늘에는 많은 별자리가 있습니다.
무수히 많은 별을 임의로 연결하여 만든 별자리.

사실 별과 별 사이 거리는 엄청나게 떨어져 있습니다.

별자리를 만든 사람은 홀로 있는 별이 외로워 보여서
별들을 연결해서 친구를 만들었나 봅니다.

별자리를 만든 사람도
그 어두운 밤 외로웠나 봅니다.

벚꽃이 피니 기뻤습니다.
벚꽃이 지니 슬펐습니다.

사랑이 가니 슬펐습니다.
사랑이 오니 기뻤습니다.

사람이 오니 기뻤습니다.
사람이 가니 슬펐습니다.

기쁨이 오면 뒤따라 슬픔이 오고
슬픔이 가면 뒤따라 기쁨이 옵니다.

너무 슬퍼하지 마세요.
슬픔이 가면 기쁨도 오는 법입니다.

슬픔이 가면 기쁨이 오는 법이다

주전자 구멍

주전자 뚜껑에는 작은 구멍이 하나 뚫려 있습니다.
뚜껑에 이 작은 구멍이 없으면
주전자의 물이 펄펄 끓어 넘치거나
주전자가 폭발할지도 모릅니다.
이 작은 구멍이 증기를 빠져나가게 해 폭발을 막아줍니다.

사람도 뚜껑이 열릴 때 구멍을 하나 뚫어놓아야 합니다.

친구에게 전화하기.
무작정 가고 싶은 곳 가기.
친구와 술 한잔하기.
동전 노래방에서 노래 부르기.
동전 넣고 배팅볼 치기.

이런 방법은 내가 하는 작은 구멍입니다.

스트레스를 받아 뚜껑이 열리기 전에
화를 분출해낼 작은 구멍을 찾아 미리 뚫어놓으세요.

칭찬은 강력한
힘을 가지고 있다

한 도시에서 거리의 쓰레기 문제가 심각해졌습니다. 환경 담당자들은 이를 해결하기 위해 고민했습니다. 쓰레기를 버릴 때 걸리는 범칙금을 올리고, 감시단을 늘렸지만 별 효과를 얻지 못했습니다. 심지어 쓰레기를 쓰레기통에 버리면 돈을 준다는 아이디어도 나왔지만 그렇게 할 수는 없었습니다.

'쓰레기를 휴지통에 버리는 사람에게 적절한 보상을 줄 방법은 없을까?'라는 질문과 고민이 이어졌습니다. 고심 끝에 개발된 것이 바로 '칭찬 휴지통'입니다. 칭찬 휴지통은 시민들이 쓰레기를 휴지통에 버릴 때마다 재치 있는 말이나 칭찬을 합니다. 이 휴지통을 거리에 설치했습니다. 쓰레기를 버리는 시민들은 칭찬 휴지통의 말에 즐거워했습니다. 몇 달 뒤, 이 도시는 깨끗해졌습니다.

칭찬은 고래를 춤추게 합니다.
칭찬은 쓰레기를 사라지게 합니다.

칭찬은 아주 작지만 강력한 힘을 가지고 있습니다.

신조어

인터넷 댓글에는 다양한 신조어가 올라옵니다.
문제는 신조어 대부분이 부정적 의미라는 점입니다.

극혐, 기레기, 맘충, 급식충, 개저씨, 특딱충, 김치녀, 된장녀, 한남충,
설명충…….

사람들은 인정받기를 원합니다.
동시에 다른 사람을 깎아내리려 합니다.
타인에게 모멸감을 줌으로써 우월감을 가지려 합니다.
상대적으로 자신이 올라간다고 착각하면서!

사실은 자신이 올라가는 게 아니라 제자리입니다.
이런 사람이 많아지면 우리 사회는 내려갑니다.

남을 내리면 나도 내려갑니다.
남을 올리면 나도 올라갑니다.

@

아무리 혼탁한 연못일지라도
연꽃은 핀다

연예, 결혼, 출산을 포기하는 삼포세대.
연예, 결혼, 출산에 인간관계, 내 집 마련까지 포기하는 오포세대.
나아가 모든 걸 포기하는 다포세대라는 신조어까지 등장했습니다.
취업률은 낮고 자살률은 높은 요즘, 분명 살아가기가 만만치 않은 시대입니다.

춘추전국 시대의 전장에서도 훌륭한 사상가들이 나타났습니다.
임진왜란의 위기 시대에서도 훌륭한 장군들이 나타났습니다.
일제강점기의 암울한 시대에서도 훌륭한 독립투사들이 나타났습니다.

아무리 혼탁한 연못일지라도 연꽃은 핍니다.

역경 속에 피는 꽃

세르반테스는 전장에서 왼쪽 팔을 잃었고,
투옥 중《돈키호테》를 구상하고 쓰기 시작했습니다.
사마천은 남자로서 치욕적인 궁형(宮刑)을 받은 뒤에도
130권의《사기》를 썼습니다.
헬렌 켈러는 삼중고(시각장애, 청각장애, 언어장애)를 극복하고
더 어려운 장애우들을 도왔습니다.
다산 정약용은 18년 유배생활을 하면서
1818년에 48권의《목민심서》를 남겼습니다.
박지성은 왜소한 체격과 평발을 극복하고
한국 최초의 프리미어리거가 되었습니다.

성공한 이들은 아무리 힘든 역경 속에서도 굴하지 않았습니다.
이들은 역경 속에 희망이라는 꽃씨를 찾아냈고 그 꽃을 피웠습니다.

꽃

나도 여느 남자처럼 꽃을 사는 것을
돈 아깝다고 생각했습니다.
사실 꽃으로 할 수 있는 건
며칠 바라보는 것뿐이라 생각했습니다.
그나마 할 수 있는 건 말려서 방에 걸어두었다가
언젠가는 버리는 것으로 생각했습니다.

나도 여느 남자처럼 꽃을 사는 것을
돈 아깝다고 생각했습니다.
나는 그녀에게 꽃을 선물했지만
그녀는 마음을 선물받았다고 좋아했습니다.
꽃은 실용적이진 않지만
남자의 마음을 선물하는 일입니다.

오늘 그녀에게 꽃을 선물해보세요.

친한 사이

사람 사이의 친한 정도를 알 방법이 있습니다.
두 사람이 하는 이야기를 들어보면 됩니다.

두 사람이 자신의 인생 전반에 관해서 이야기한다면
만난 지 얼마 되지 않은 겁니다.

두 사람이 최근의 사소한 일에 관해서 이야기한다면
둘은 자주 만나는 아주 친한 사이입니다.

그해
봄에 그녀를 처음 봄
여름에 그녀와 사귀어봄
그녀들의 가족들을 만나봄
웨딩드레스를 입은 그녀를 봄
매일 아침 그녀를 봄
그녀 덕분에 오늘도 내 인생의 봄

당신은 나의 봄

자신답게

ㄱ-기역 ㄴ-니은 ㄷ-디귿 ㄹ-리을 ㅁ-미음 ㅂ-비읍 ㅅ-시옷
ㅇ-이응 ㅈ-지읒 ㅊ-치읓 ㅋ-키윽 ㅌ-티읕 ㅍ-피읖 ㅎ-히읗

기역은 'ㄱ'이 두 개가 있고, 니은도 'ㄴ'이 두 개가 있습니다.
세종대왕님도 알고 있었을 겁니다.

'ㄱ'은 기역답게, 'ㄴ'은 니은답게!
모든 자음은 자신답게 만들어졌습니다.

홍길동은 홍길동답게!
이창현은 이창현답게!

나는 나답게!
당신은 당신답게!

자신다울 때 더 많은 매력이 나타납니다.

나다움

20대 때, 나도 여자들에게 멋있게 보이길 바랐습니다.
그래서 멋있는 척을 하고, 말이 많지만 말수를 줄였습니다.
여자 친구는커녕 친구들에게 "어디 아프냐"는 말만 들었습니다.
여자 친구가 생겼을 때, 나는 그녀에게 내가 어디가 좋은지 물어봤습니다.
여자 친구는 말했습니다.
"재미있고 순수한 마음을 가졌잖아."
여자 친구는 내가 고치려 했던 내 본연의 모습을 좋아해주었습니다.

강의할 때, 나도 다른 강사들처럼 표준말에 중저음을 사용하고 싶었습니다.
그래서 사투리를 사용하지 않고, 목을 눌러 중저음을 내고 점잖은 모습을 노력했습니다.
끝만 올리는 이상한 표준어가 되었고, 목을 눌러 목소리를 냈더니 목이 쉬기 일쑤였습니다.
사람들이 내 강의가 재미있다며 전국에서 불러주기 시작했습니다.
내가 사용하는 사투리가 귀에 감긴다는 사람도 많았습니다.
사람들은 내 목소리와 유머러스한 면 때문에 강의가 재미있다고 말했습니다.

누군가에게 좋은 평가를 받고자 바뀌려 한 것이 아닌, 나답게 하다 보니 좋은 평가를 받을 수 있었습니다.

세 마디

"감사합니다."
이 한 마디로 말미암아 그 일을 하는 데 더 큰 힘을 얻습니다.

"미안합니다."
이 한 마디로 말미암아 그 사람과의 위기를 극복합니다.

"사랑합니다."
이 한 마디로 말미암아 그 사람과 함께합니다.

이 세 마디는 잘 사용한다면
더 좋은 관계를 가꿀 수 있습니다.

이 세 마디는 잘 사용한다면
더 행복한 세상을 만들 수 있습니다.

내 행복으로
살아야 한다

한 조사에서 사람들에게 1,000명의 여성을 찍은 사진을 보여준 뒤, 가장 아름다운 여성을 뽑는 설문을 했습니다. 투표자 중 전체의 취향에 가까운 선택을 한 사람에게 상품을 준다고 했습니다. 그러자 투표자들은 자신이 아름답다고 여기는 여성을 뽑지 않고 다른 사람들이 뽑을 것 같은 여성을 선택했습니다. 자신의 선택이 아닌 남들이 선택할 것 같은 여성을 택했습니다.

나도 예전에 이런 적이 있습니다. 반 친구들이 모두 나이키 신발을 신었을 때, 나는 그 신발이 예뻐 보이지 않음에도 비싼 그것을 사 신었습니다. 그때는 나이키 신발을 안 신으면 불행하다고 느꼈습니다. 내가 좋아하는 디자인의 운동화가 아닌 남들이 모두 신는 운동화를 선택했습니다.

다른 사람이 행복할 것 같은 삶을 살기보다
내가 행복한 삶을 살아야 합니다.

선택의 기준이 남에게 있으면 불행하고,
선택의 기준이 나에게 있으면 행복합니다.

남의 행복으로 살지 말고,
내 행복으로 살아야 합니다.

친구 1

고등학교 때 친구 6명이 만든 '영우회'라는 모임이 있습니다.
이 모임에서는 무엇을 하자고 정해놓고 만난 적은 거의 없습니다.
일단 6명이 모여 그때그때 생각나는 것을 하다 보면
시간이 다 지나갑니다.

한번은 그들 중 한 명이 내 사무실에 왔습니다.
차 한 잔 마시고 별 이야기도 없이
온종일 책 보고 스마트폰을 하다가 간 적도 있습니다.
친한 친구는 만나서 특별한 일이 없어도,
아무런 일을 하지 않아도 좋습니다.

사회생활을 하며 만난 사람들은 어떤 특별한 일을 정해두고 만납니다.
강의, 부탁, 회의 등 무언가를 하기 위해 만납니다.
그리고 그 일이 끝나면 바로 각자의 일을 위해 헤어집니다.

사회에서 만난 사람은 볼일 있을 때 봅니다.
친구는 볼일 있을 때건 없을 때건 그냥 봅니다.

친구 2

입사하려면 시작이라는 '입사원서'를 써야 하고
퇴사하려면 끝이라는 '사직서'를 써야 합니다.

연인 사이에도 시작하는 '고백'을 해야 하고
연인 사이를 종료를 선언하는 '차'임이 있어야 합니다.

부부가 되기 위해서는 시작이라는 '혼인신고서'를 써야 하고
부부가 헤어지기 위해서는 '이혼신고서'를 써야 합니다.

친구는 친구를 하기로 하는 시작과
친구를 하지 않는 끝이 없습니다.

친구는 한동안 연락을 안 한다고 해서
관계가 끊어지지도 않는 신기한 관계입니다.

선택의 결과

옷 사러 갔을 때는 좋아 보이고, 자주 입을 것 같습니다.
막상 시간이 지나면,
좋아 보였던 옷은 옷걸이가 계속 입고 있는 경우가 많습니다.
오히려 저렴하게 산 옷을 선호하며 더 많이 입기도 합니다.

결혼식 올리는 부부들을 보면 다들 잘 살 것 같고, 서로 사랑할 것 같습니다.
막상 시간이 지나보면,
어울리지 않아 보인 커플이 더 잘 사는 경우가 많습니다.
오히려 잘 살 것 같았던 커플이 금방 헤어지기도 합니다.

사실 나는 선택하는 순간 그 결과를 미리 짐작하는 버릇이 있었습니다.
진정한 선택의 결과는 시간이 흐른 뒤에 좀 더 정확히 알 수 있습니다.

머피의 법칙과
샐리의 법칙

머피의 법칙이 있습니다.
이는 계속 자신에게 불리한 일이 일어나는 법칙입니다.
머피의 법칙을 떠올린 사람은
좋지 않은 일을 계속 끌어당겨 하루가 꼬입니다.

샐리의 법칙이 있습니다.
이는 계속 자신에게 유리한 일이 일어나는 법칙입니다.
샐리의 법칙을 떠올린 사람은
좋은 일을 계속 끌어당겨 하루가 좋아집니다.

오늘 어떤 법칙을 사용해볼 건가요?

꽃길만 걷자

'꽃길만 걷자'라는 말이 흔히 사용되고 있습니다.
이 말은 좋은 일만 생기기를 바란다는 뜻입니다.

곰곰이 생각해보니,
꽃길이 되기 전에는 풀이 있던 길이었고
풀이 있던 길이 되기 전에는 누군가가 씨앗을 심어놓은 길이었고
씨앗을 심어놓기 이전에는 흙길이었습니다.

꽃길이 되기까지는 많은 시간과 누군가의 노력이 필요합니다.
흙길을 보면 씨앗을 뿌리고, 풀길을 보면 물을 주어 가꾸어보세요.
그러면 우리 모두의 꽃길이 만들어질 것입니다.

우리 모두 꽃길만 걸어요.

행복의 반대말

행복의 반대말은 불행입니다.
행복의 반대말은 불만입니다.
행복의 반대말은 불황입니다.
행복의 반대말은 불쾌입니다.
행복의 반대말은 불평입니다.

행복의 같은말은 불빛입니다.
행복의 같은말은 불꽃입니다.
행복의 같은말은 불씨입니다.
행복의 같은말은 불끈입니다.
행복의 같은말은 불금입니다.

행복과 불행은 한 글자 차이입니다.
행복과 불행은 한 끗 차이입니다.

사랑은

예전에 소개팅했을 때가 기억납니다.
소개팅 이후에 헤어지고 애프터 신청을 하고 나면 여자들은
항상 이렇게 말했습니다.
"이 주에 선약이 있어서요."
"요즘 일이 많아서요."
이런 핑계를 대면서 거절했습니다.
나는 그것도 모르고 눈치 없게 되묻곤 했습니다.
"다음 주는 어때요?"

소개팅을 주선해준 사람이 나보고 바보라고 했습니다.
"정말 마음에 있다면 친구와의 선약도, 일도, 생일도
그 어떤 바쁜 일도 뒷전에 두고 만나러 나오겠지."

나는 그제야 알았습니다.
마음에 있다면 모든 것보다 그 사람이 앞선다는 것을…….
사랑은 아무리 바쁜 사람도 바쁘지 않게 한다는 것을…….

힘든 날도 좋은 날도 그립다

학창 시절에는 학교 가기 싫고, 시험 보기 싫고,
공부하기가 정말 싫습니다.
그때가 힘들기에 빨리 지나가길 바랍니다.
학창 시절이 끝나면 그때가 그립습니다.

사회생활을 할 때는 회사 가기 싫고, 상사 보기 싫고,
일하기가 정말 싫습니다.
그때가 힘들기에 빨리 회사를 나가고 싶습니다.
은퇴하고 나면 그때가 그립습니다.

육아를 할 때 아이들은 정말 말 안 듣고, 귀찮고, 손이 많이 갑니다.
그때가 힘들기에 빨리 커서 독립하기를 바랍니다.
독립하고 나면 그때가 그립습니다.

힘든 날도 좋은 날도 시간이 지나면 모두 그립습니다.

고수

한번은 이외수 선생님이 책에 사인하다가 이름을 틀리게 적었습니다.
그는 당황하지 않고 틀린 이름에 그림을 그리기 시작했습니다.
이름이 있던 곳은 해와 새가 날아다니는 그림으로 바뀌었습니다.
그로써 더 특별한 사인이 있는 책이 되었습니다.

베테랑 마술사가 마술 중에 실수했습니다.
나는 그 마술을 여러 번 봤기 때문에 실수인 줄 알았습니다.
하지만 마술사는 관객들을 향해 웃으며 손을 귀에 대고는 호응을 유도했습니다.
마치 소리가 작고 반응이 작아서 일부러 마술을 안 보여주는 것처럼 행동했습니다.
마술사가 실수한 줄 아무도 몰랐습니다.

고수들은 실수를 실수로 표현하지 않습니다.
그들은 자신의 실수를 여유롭게 자신의 작품 일부로 바꿉니다.
🎀

즐기자

유명 요리사들도 전국 맛집을 찾아다녔고
게임 개발자도 게임을 하느라 밤을 새웠고
유명 작가도 서점에서 글을 마음에 담았고
화가들도 다른 사람의 그림을 똑같이 그렸고
거장들도 영화관에 살았던 관객이었습니다.

누구나 처음에는 그 일을 먼저 즐겼습니다.
즐기다 보니 그것을 만드는 사람이 되었습니다.

먼저 인사하자

오늘은 자가용이 아닌 대중교통으로 출근했습니다.
지하철을 타고 버스를 갈아타는데 버스 기사님이 인사했습니다.
"안녕하세요?"

나는 놀랐습니다.
그동안 인사하는 기사님을 잘 못 보았기 때문입니다.
지난번 외국에 갔을 때 버스 기사님이 인사를 했습니다.
그 모습을 보며 우리나라도 그랬으면 했는데
오늘 그런 기사님을 만난 것입니다.

인사하는 기사님을 바라보며 작은 목소리로 화답했습니다.
"안녕하세요?"

자리에 앉아서 보니 기사님은 탑승하는 모든 승객에게 인사를 했습니다.
물론 내리는 승객에게도 인사를 했습니다.
그런데 인사를 받아주는 사람이 없었습니다.

이윽고 한 아주머니가 버스에서 내리면서 기사님에게 인사를 했습니다.
"안녕히 계세요."
이를 계기로 인사하는 사람이 늘기 시작했습니다.

기사님의 "안녕히 가세요"라는 인사에 나 역시 큰 소리로 인사했습니다.
"수고하세요!"
기사님은 "좋은 하루 되세요!" 하며 한 번 더 화답해주었습니다.

학교 다닐 때, '먼저 인사합시다'라는 캠페인을 한 생각이 납니다.
사실 먼저 인사하기란 쉽지 않습니다.

먼저 인사를 못 할지라도 누군가가 먼저 인사하면
최소한 화답이라도 해보아요.

벗은 But이다

취업에 떨어져서 돈을 못 벌 때도
언제나 응원해주며 너는 밥을 사주러 왔다.
아버지가 돌아가셨을 때 운구할 사람이 없었는데,
그때 너는 휴가를 써서 기꺼이 해주었다.
처음 책을 쓰겠다고 할 때, 너는 할 수 있다면서
한껏 나를 응원해주었다.
할머니가 돌아가셨을 때, 너는 300킬로미터를 달려와
내 손을 잡아주었다.

나는 친구가 많지는 않습니다.
사람은 누구나 잘나갈 때도 있고, 못 나갈 때도 있습니다.
사람들은 잘나갈 때는 모이지만 반대의 경우에는 멀어지게 마련입니다.

내 친구는 내가 좋은 상황이건 나쁜 상황이건
한결같이 나를 응원해주었습니다.
친구는 어떤 상황이건 But(그래도) 내 편이 되어주었습니다.

벗은 But입니다.

대화도 나이를 먹는다

고등학교 친구들과의 모임인 영우회.
영우회는 열아홉 살부터 시작했는데
어느덧 모두 서른다섯 살이 되었습니다.

대학생 때 모이면 '이성 친구 이야기'를,
군대 휴가 때 모이면 '군대 이야기'를,
졸업생 때 모이면 '취업 이야기'를,
취업하고 모이면 '결혼 이야기'를,
결혼하고 모이면 '아내 이야기'를,
요즘 모이면 '아이들 이야기'를 주로 합니다.

그러고 보니 우리가 나이 먹어감에 따라
우리의 대화도 나이를 먹어갑니다.

나중에는 아이들 대학 보내기, 노후 준비 등
또 다른 대화로 이어지겠지요.

나부럽게

한 인터뷰에서 여자 친구의 외모는 어땠으면 좋겠냐는 질문에 "다른 사람이 못생겼다고 하지 않을 정도면 괜찮아요"라는 대답이 나왔습니다. 처음에는 그 말에 나도 공감했습니다. 하지만 여자 친구는 다른 사람에게 보이기 위한 존재가 아니라 내가 사랑하는 사람이라는 사실을 느끼면서부터 외모에 대한 것은 사라졌습니다. 여자 친구를 사귀는 것은 남들에게 부러움을 사기 위한 게 아닙니다.

내 첫차는 2,000cc 카스타였습니다. 7인승인지라 크기도 꽤 컸습니다. 2014년 고유가가 되었고, 마침 차도 바꿔야 하는 시점이 왔습니다. 연비 좋은 1,600cc 쏘울로 바꾸었더니 주변에서 왜 더 작은 차로 바꾸었느냐고 입을 대기 시작했습니다. 강사는 보여주는 것도 필요하다며 다음에는 고급 차나 외제 차로 바꾸기를 권유했습니다. 내가 생각하는 차는 자신의 경제력에 맞고 안전하게 타는 것이라 여겼기 때문에 지금도 그 차를 타고 다닙니다. 차는 남들에게 부러움을 사기 위해서 타는 것이 아닙니다.

남부럽게 살지 말고, 나부럽게 살아보아요.

힘들수록 추억은 깊다

첫 해외여행은 패키지여행으로 다녀왔습니다.
패키지여행은 항공, 음식, 숙박, 이동 경로 등을
알아보지 않아도 되기에 편리했습니다.

다음 해외여행은 자유여행으로 다녀왔습니다.
항공권 비교부터 이동 경로, 행선지, 교통, 음식, 숙박 등
스스로 수고하며 알아보아야 했습니다.

당시 태풍이 와서 우산을 급히 샀다가
우산이 홀라당 뒤집혀서 태풍을 몸으로 견디기도 했습니다.
비행기가 태풍에 묶여 공항에서 발을 동동 구르기도 했습니다.

두 여행 다 같은 장소, 같은 기간이었지만
더 기억에 남는 것은 힘들었던 자유여행입니다.

정말 이상한 것은 힘든 여행일수록 추억은 더 깊다는 것입니다.

우리의 인생을 돌아봤을 때도 마찬가지입니다.
힘들수록 추억은 더 깊습니다.

작은 이벤트

한 해를 마무리하는 12월, 주위의 사람들은 입버릇처럼 말합니다.

"올해는 한 것이 하나도 없는데 벌써 한 해가 다 지나갔구나!"
"한 것도 없이, 시간만 보냈네!"

같은 일을 반복할수록 시간이 빨리 간다고 느낀다는 조사가 있습니다.
사람들은 시간을 기억한다고 하지만 우리가 기억하는 것은 사실은
시간 안에 있는 사건입니다.

그래서 어린 시절은 처음 접하는 것도 많아 시간이 느리게 가는 거고,
어른이 되면 익숙한 방법으로 비슷한 일을 해서 빨리 간다고 느낍니다.

같은 일을 반복하는 일상에 작은 사건들을 넣어보세요.

우리 동네 동산 등반하기.
친구와 함께 볼링 한판하기.
야구장 가서 목이 쉴 때까지 응원하기.
공원에서 자전거 타며 땀 흘리기.
서점에서 이 책 저 책 읽어보기.
밤새도록 친구들과 수다 떨기.

작은 이벤트들이 한 해를 보람 있게 하고
우리를 조금 더 행복하게 합니다.

웃자!

ㅋㅋㅋㅋㅋㅋㅋㅋㅋㅋㅋㅋㅋㅋㅋㅋ
문자로는 잘 웃습니다.

ㅎㅎㅎㅎㅎㅎㅎㅎㅎㅎㅎㅎㅎㅎㅎㅎ
댓글로는 잘 웃습니다.

막상 만났을 때는 얼굴이 굳어 있습니다.
문자, 댓글로 웃는 것도 좋지만 실제로 웃는 게 더 좋습니다.

준비 웃음

레이싱 자동차들은 시합 시작하기 전에
타이어 워머(Tire Warmer)를 사용합니다.
타이어의 최적 온도를 유지하여 더 좋은 경주를 하기 위함입니다.

사람은 운동하기 전에 준비운동을 합니다.
몸 온도를 높여 더 좋은 컨디션을 유지하고
부상을 방지하기 위함입니다.

하루를 시작할 때 거울을 보고 미소를 연습해보세요.
준비 웃음은 더 쉽게, 더 편하게 웃을 수 있게 합니다.

웃을 일이 없더라도 "하하하" 하며
준비 웃음 한번 해보는 건 어떨까요?

미소 녀, 미소 남

미소녀, 미소년은 예쁩니다.
미소 녀, 미소 남은 더 아름답습니다.

만소기

평소에 걷기가 줄어 만보기를 차고 걷기 횟수를 체크했습니다.
체크하기 전보다는 조금 더 걸어야겠다는 생각을 했고, 운동의 효과
도 좋았습니다.

사람들은 나이 들어감에 따라 걸음도 줄어들지만
웃음도 줄어듭니다.
웃음을 체크하는 만소기(萬笑機)가 있다면 어떨까요?
더 웃어야겠다는 생각을 할 거고,
이로써 더 행복한 나날이 될 것입니다.

÷

식당에서 친한 사이인지, 친하지 않은 사이인지
아는 방법이 있습니다.

대부분 친하지 않은 사이는 자신만의 음식을 먹고
친한 사이는 서로의 음식을 나누어 먹습니다.

자신의 음식만 먹으면 하나의 음식을 맛보는 것이지만
둘이서 나누어 먹으면 두 개의 음식을 맛보는 게 됩니다.

삶에서도 마찬가지입니다.
친하지 않은 사이는 자신의 것만 챙기지만
친한 사이는 많은 것을 나누고 함께합니다.

무엇을 기억할 것인가?

물이 절반이 든 컵을 보고
부정적인 사람은 '절반밖에 없네!'라고 하고,
긍정적인 사람은 '절반이나 남았네!'라고 한다는 이야기를
한 번쯤 접해보았을 겁니다.

곰곰이 생각해보니,
부정적인 사람은 잃어버린 것을 기억하고
긍정적인 사람은 가지고 있는 것을 기억합니다.

잃어버린 것을 기억하면 과거에 살게 되고
가지고 있는 것을 기억하면 지금을 살 수 있습니다.

화

화난다고 돌을 발로 차면 내 발가락만 아픕니다.
화난다고 주먹으로 벽을 치면 내 손만 아픕니다.
화난다고 무언가를 던지면 내 돈만 날아갑니다.

간디는 말했습니다.
"내가 옳다면 화낼 필요가 없고, 내가 틀렸다면 화낼 자격이 없다."

화를 내서 남에게도 나에게도 좋을 것은 없습니다.

집밥

군에 입대하고 훈련병 시절 처음 불침번을 설 때
함께 서던 동기와 이야기를 나누었습니다.

"어떤 음식 먹고 싶어?"
"난 통닭, 넌?"
"난 피자."

다음 주도 그다음 주도 이런 식의 이야기가 오갔습니다.
마지막 주 불침번이 돌아왔을 때 음식 이야기를 또 했습니다.

우리는 둘 다 같은 음식을 말했습니다.
"할매가 해준 집밥!"
"엄마가 해준 집밥!"

세상에서 가장 맛있는 음식은
정말 아주 매우 배가 고플 때 먹는 음식이라고 했듯이
군대에서 제일 그리운 음식은 집밥이었습니다.

해외에 있을 때도 처음에는 특별한 것이 좋았지만
시간이 지나니 집밥이 그리웠습니다.

처음에는 특별한 것이 좋은 거라 여겼지만
점차 익숙한 게 좋았습니다.

행복 찾기

주문한 햄버거가 바로 나오면
빨리 먹을 수 있어 좋다!

주문한 햄버거가 늦게 나오면
방금 만들어 더 맛있는 햄버거를 먹을 수 있어 좋다!

햄버거 하나 사러 가서도 행복해지는 나만의 방법입니다.

어떤 하루

하루는 친하게 지내던 사람과 여러 문제로 다투었습니다.
며칠 동안 계속 그 사람 생각이 많이 났습니다.
덩달아 안 좋은 일도 이어졌습니다.
잠을 자고 일어나도 피곤하고 계속 그 사람이 생각났습니다.

하루는 나를 도와주고 친하게 지내던 사람에게 안부 전화를 했습니다.
전화하는 동안 계속 웃으며 안부를 물었습니다.
이내 강의 소개를 받는 일로 이어졌습니다.
잠도 잘 자고, 하는 일도 잘 풀리는 듯했습니다.

지금 생각해보니,
불행한 하루는 나를 힘들게 한 사람 생각을 많이 한 날이었고,
행복한 하루는 나를 기쁘게 한 사람 생각을 많이 한 날이었습니다.

주파수

우리가 사는 공간에는 무수히 많은 전파가 날아다니고 있습니다.
그중 내가 듣고 싶어 하는 주파수에 라디오를 맞추면
그 채널의 소리가 들립니다.

사람들 사이에도 무수히 많은 소리가 날아다니고 있습니다.
그중 내가 어떤 마음을 가지고 주파수를 맞추느냐에 따라
그 소리가 들립니다.

내가 부정적인 소리에 주파수를 맞추면
부정적인 소리가 많이 들립니다.
내가 긍정적인 소리에 주파수를 맞추면
긍정적인 소리가 많이 들립니다.

내가 어떤 주파수에 귀를 기울일 것인지 그 선택에 달렸습니다.

불행도 행복도
모두 내 선택에 달렸다

어떤 얼굴로 태어날지는 선택할 수 없지만
어떤 인상으로 살아갈지는 선택할 수 있습니다.

어떤 부모님에게 태어날지는 선택할 수 없지만
어떤 부모님으로 모실지는 선택할 수 있습니다.

사랑받는 것은 선택할 수 없지만
사랑을 주는 것은 선택할 수 있습니다.

선택할 수 없는 것을 보며 자책하면 불행의 시작이고,
선택할 수 있는 것을 보며 긍정하면 행복의 시작입니다.

불행도 행복도 모두 조건이 아닙니다.
모두 내 선택입니다.

행복하지 않은
이유는 무엇일까?

예전에는 TV가 흔하지 않아 모여서 보았습니다.
지금은 TV가 많아 가족들끼리도 TV를 따로 봅니다.
편리하지만 예전에 모여서 함께 보았을 때가 더 행복했던 것 같습니다.

예전에는 아버지의 눈치를 살피며 전화해야 했습니다.
그 눈치를 피해 공중전화로 달려가 통화를 해야만 했습니다.
지금은 한 대씩 스마트폰을 가지고 있을뿐더러 무제한 통화요금으로
쓰기도 합니다.
이상하게 예전만큼 전화 걸 곳은 없습니다.
편리하지만 예전에 눈칫밥을 먹으며 전화를 했던 때가 더 행복했던
것 같습니다.

문명은 발전되어 편리를 가져다주는데,
왜 행복은 퇴화하는 느낌일까요?

무조건 좋을 수만은 없다

햇빛을 쐬면 비타민D가 생성되지만,
기미와 주근깨도 생깁니다.

운동을 열심히 하면 근육이 생기지만,
빠지지 말았으면 하는 가슴과 얼굴살도 빠집니다.

스마트폰을 하면 지루한 시간을 재미있게 보낼 수 있지만,
거북목과 안구건조증이 생깁니다.

결혼하면 내 짝지가 생기지만,
잦은 다툼과 오해처럼 내가 원하지 않는 것도 생깁니다.

아무리 좋다고 생각해도
무조건 좋을 수만은 없나 봅니다.

도움 보존의 법칙

어린 시절
부모님으로부터 도움을 받아 자라면
부모가 되어서 자기 아이에게 도움을 줍니다.

대학교 때
선배로부터 밥을 얻어먹어본 사람이
선배가 되었을 때 밥을 사줍니다.

도움은 사라지지 않습니다.
사라진 것처럼 보이지만 다시 다른 누군가에게 전달됩니다.

누군가를 도울 때 못 받을까 봐 걱정하지 마세요.
나는 다른 누군가의 도움을 미리 받았습니다.
도움은 부메랑처럼 다른 이를 돌고 돌아 다시 내게 옵니다.

이를 '도움 보전의 법칙'이라고 합니다.
다른 누군가를 돕는다는 것은 결국 자신을 돕는 일입니다.

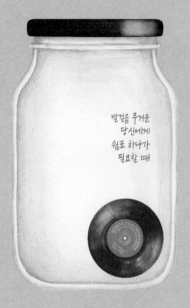

머리가 복잡한 당신에게
쉼표 하나가 필요할 때

1월 1일

100원짜리 흰 도화지 한 장을 받았습니다.
이 도화지에 어떤 그림을 그리느냐에 따라
100원의 가치는 달라집니다.

1월 1일에 365장의 시간이라는 흰 도화지를 받았습니다.
이 도화지에 어떤 시간을 채우느냐에 따라 1년의 가치는 달라집니다.

거꾸로 나이 먹기

미얀마의 올랑 사키아 부족은 나이를 거꾸로 먹습니다.
태어나면 처음 예순 살이고, 한 해씩 지날 때마다 나이가 한 살씩 줄
어듭니다.

60년이 지나 0살이 되면, 그 이후의 삶은 신이 준 덤의 생입니다.
60년부터 10년을 더 살면 다시 열 살을 더해줍니다.
그리고 거기서부터 한 살씩 줄여가며 살아갑니다.

이런 방법으로 하면 내 나이는 D-23세입니다.
23년 동안 좋은 글을 쓰고, 좋은 강의를 열심히 해야겠습니다.
그 이후는 덤이라고 생각하면서!

문제에 답이 있다

학창 시절, 시험시간에 선생님은 늘 말씀하셨습니다.
"문제를 꼼꼼히 읽으면 그 속에 답이 있어. 정말 모르겠으면 문제를 잘 살펴봐!"
정말 문제를 잘 읽으면 힌트뿐 아니라 앞뒤 문제에 답 또한 숨은 경우도 있었습니다.

지금 골치 아픈 일이 있더라도 너무 괴로워하지 마세요.
문제는 내 안에 있습니다.
조용한 곳에서 자신을 살펴보세요.
내 안을 잘 들여다보면 숨은 힌트와 답을 찾을 수 있습니다.

성공은 저마다 다르다

부산에서 서울까지 갈 때,
KTX를 타고 2시간 30분 만에 도착하는 사람과
자전거를 타고 2박 3일 만에 도착하는 사람 중 누가 성공했을까요?
많은 사람은 2시간 30분 만에 도착한 사람이 성공했다고 생각합니다.

두 사람 모두 서울에 당도했으므로 둘 다 성공입니다.
첫 번째 사람은 빨리 가는 것에 가치를 두었기 때문에
시간을 선택했고,
두 번째 사람은 경치를 보며 느긋하게 가는 것에
가치를 두었기 때문에 경치를 선택했습니다.

빠르다고, 돈이 많다고, 넓은 집에 산다고
성공한 것은 아닙니다.
내가 마음먹은 것을 현실로 만들어낸 사람이
진정 성공한 사람입니다.

본 감동보다
읽은 감동이 오래간다

뉴스를 보고
드라마를 보고
스마트폰을 보고
컴퓨터 모니터를 봅니다.

책을 읽고
계절의 변화를 읽고
별자리를 읽고
사람의 마음을 읽습니다.

보는 건 쉬운 만큼 많은 노력이 필요하지 않습니다.
읽는 건 어려운 만큼 노력과 시간이 좀 더 필요합니다.

보기는 쉽지만 읽기는 좀 더 어렵습니다.
하지만 본 감동보다 읽은 감동이 더 오래갑니다.

꺼내보다

내 서랍이 복잡해서 서랍을 정리하기로 했습니다.
서랍 안에 엉켜 있는 모든 물건을 꺼내어 흩어놓았습니다.
쓸 물건과 버릴 물건이 보이기 시작했습니다.
서랍 안에서는 보이지 않았는데 이렇게 꺼내보니 쉽게 해결되었습니다.

내 머리가 복잡해서 정리하고 싶었습니다.
머리 안에 꼬여 있는 문제를 꺼내어 적기 시작했습니다.
걱정으로 해결될 문제와 걱정으로 해결되지 않을 문제가
보이기 시작했습니다.
머릿속에서는 보이지 않았는데 이렇게 꺼내보니 쉽게 해결되었습니다.

무엇인가에 복잡하다면
눈으로 볼 수 있게 밖으로 꺼내보세요.

바둑에서 집이 크면 이깁니다.
인생에서도 집이 크면 이기는 줄 알고
죽어라 집 평수만 넓힙니다.

인생에서 넓혀야 하는 것은
집의 크기가 아니라
마음의 크기입니다.

마음의 크기

시간의 무게

시간에도 무게가 있습니다.
가벼운 시간은 빨리 가고,
무거운 시간은 느리게 갑니다.

맛있는 것을 먹을 때는 시간이 가볍습니다.
사랑하는 사람과 있을 때는 시간이 가볍습니다.
좋아하는 일을 할 때는 시간이 가볍습니다.

맛없는 음식을 먹을 때는 시간이 무겁습니다.
싫어하는 상사와 있을 때는 시간이 무겁습니다.
싫어하는 일을 할 때는 시간이 무겁습니다.

사실은
시간이 무거운 게 아니라
내 마음이 무거운 것입니다.

돌아보는 시간

자동차에서 소리가 나면 그제야 자동차 정비소에 들어갑니다.
건강에 적신호가 오면 그제야 건강을 들여다봅니다.
사랑하는 사람이 떠나면 그제야 그와의 추억을 되돌아봅니다.

지금 나에게 어떤 아픔이 있다면,
그건 잠시 멈추고 스스로 돌아보라는 신호입니다.

오늘은 좋을 때이다

고등학생들은 입시로 말미암아 공부에 찌듭니다.
대학생들은 고등학생들에게 말합니다.
"고등학교 때가 조~을 때다!"

대학생들은 취업하려고 스펙을 쌓고 자기 소설을 쓰며
취업 전쟁에 허덕입니다.
직장인들은 대학생들에게 말합니다.
"대학교 때가 조~을 때다!"

직장인들은 업무 스트레스, 자식 스트레스로 압박이 더해집니다.
어르신들은 직장인들에게 말합니다.
"직장 다닐 때가 조~을 때다!"

어르신들은 체력 떨어지고, 몸에서 아픈 신호가 끊이질 않습니다.
먼저 간 조상들이 말합니다.
"살아 있을 때가 조~을 때다!"

아무리 힘들어도 오늘이 '좋을 때'입니다.

오래 보아야 예쁘다

의외로 생각이 깊다.
의외로 꾸준하다.
의외로 재미있다.
의외로 신중하다.
의외로 꼼꼼하다.
의외로 말이 없다.
의외로 친절하다.

이는 내가 누군가에게 했던 생각들입니다.
그 사람과 깊은 관계를 했을 때
'의외'의 면들을 보았을 때입니다.
사실 '의외'가 아니라 깊이 보지 못한
나의 '고정관념' 때문이었습니다.

풀꽃도 사람도
자세히 오랫동안 본 모습이
본연의 모습입니다.

공통점과 차이점

가까워질 때는 공통점을 찾습니다.
"어떤 영화 좋아하세요? 저도 코미디 영화 좋아하는데……."
"어떤 음식 좋아하세요? 저도 파스타 좋아하는데……."
"어떤 음악 좋아하세요? 저도 발라드 좋아하는데……."

멀어질 때는 차이점을 찾습니다.
"게임 좋아하세요? 난 게임이 싫은데……."
"술 좋아하세요? 전 술 먹는 남자 싫은데……."
"축구 좋아하세요? 전 축구 싫은데……."

중요한 것은 내가 무엇을 찾느냐입니다.

꽃피우다

꽃이 가장 많이 피는 시기는 여름이 아닌, 봄과 가을입니다.
혹한기와 혹서기를 견딘 보상으로 꽃을 피우는 것입니다.

지금 많이 지치고, 힘들고, 아파도, 조금만 더 견디세요.
아픔의 시기를 견디면 보상으로 인생의 꽃이 필 것입니다.

견딤은 그것의 가치를 높인다

흙은 불가마 속의 1,000도를 견뎌야!
제 가치를 하는 도자기가 됩니다.

과일은 무더운 여름을 견뎌야!
제 가치를 하는 과일이 됩니다.

이등병은 선임의 갈굼을 견뎌야!
제 가치를 하는 병장이 됩니다.

신입은 상사의 핀잔과 일의 압박을 견뎌야!
제 가치를 높이는 승진자가 됩니다.

사람은 세상사 108번뇌를 견뎌야!
제 가치를 하는 사람이 됩니다.

견딤은 모든 사물과 사람의 가치를 높입니다.

디지털 소음

글 쓰려고 컴퓨터를 켜면 나도 모르게 인터넷부터 엽니다.
실시간 검색어를 살피고 포털사이트를 둘러보자면
금세 한 시간이 흐릅니다.

하단에 페이스북 알람이 울립니다.
페이스북 친구들 소식을 보다가 재미있는 공유 영상을 계속 봅니다.
또 한 시간이 지나갑니다.

카톡이 울리기 시작하고 글을 쓰려고 하면 계속 카톡이 옵니다.
당연히 글의 흐름이 잡히지 않습니다.
인스타그램과 블로그 알람이 와서 또 댓글을 달러 갑니다.
또 한 시간을 보냅니다.

세 시간 동안 글 한 자를 쓰지 못합니다.
자리를 옮기고, 스마트폰도 꺼버립니다.
자주 이러는 내가 한심하지만, 매번 디지털 소음에 당합니다.

시끄러운 소음은 귀를 아프게 하고
디지털 소음은 마음을 아프게 합니다.

신기한 스마트폰

할머니는 서울에 있는 세 살배기 증손자를 보고 싶어 합니다. 나는 주말이면 할머니와 조카와 영상통화를 합니다. 얼마나 길게 통화를 하는지 20분은 기본입니다. 영상통화가 끝나면 할머니는 나에게 말합니다.
"서울에 안 가도 증손주 본 거 같네."

어느 날, 카페에 갔습니다. 옆에 한 커플이 커피를 마시고 있었습니다. 그런데 두 사람은 한 시간 동안 대화는 거의 없고 각자의 스마트폰만 만지작거렸습니다. 서로를 쳐다보는 시간보다 스마트폰을 쳐다보는 시간이 더 긴 것 같았습니다. 솔로이던 나는 생각했습니다.
'스마트폰만 볼 거면 각자 집에 있지, 솔로 염장 지르려는 거야?'

스마트폰은
멀리 있는 사람을 가까이 있게 하기도 하고,
가까이 있는 사람을 멀리 있게 하기도 합니다.

걱정

해가 뜨면 더위 먹을까 봐 걱정!
비가 오면 비 맞을까 봐 걱정!
눈이 오면 넘어질까 봐 걱정!
구름이 끼면 추울까 봐 걱정!
태풍 오면 날아갈까 봐 걱정!

우리는 자신도 모르게
매일 걱정을 버릇처럼 하고 있습니다.

사실,
걱정은 우리 스스로
만들어서 하고 있는지도 모릅니다.

고민이 없는 게 고민이다

토크 콘서트 중에 청중에게 물었습니다.

"요즘 고민이 뭐예요?"

결혼, 연예, 돈, 부부관계, 친구관계, 인맥, 성적, 취업 등 많은 고민거리가 나왔습니다.

나는 한 남성에게 물었습니다.

"요즘 고민이 뭐예요?"

그는 말했습니다.

"음…… 전 고민이 없는데요."

"고민이 없는 사람이 어디 있어요?"

"음…… 고민이 없는 게 고민이에요! 다들 고민이 뭐냐고 물어보는데 없다고 하면 고민이 없는 사람이 어디 있느냐며 사람들이 나를 이상하게 보네요. 그래서 고민이 없는 게 고민이에요."

토크 콘서트가 끝난 뒤, 나는 "고민이 없는 게 고민이다"라는 그의 말을 계속 생각했습니다.

어쩌면, 우리는 고민을 만들어서 고민하는 게 아닐까요?

마음의 소리

어떤 사람은 눈이 '소복소복' 온다 하고
어떤 사람은 눈이 '펄펄' 온다 합니다.
사실 눈은 아무런 소리를 내지 않고 내립니다.

어떤 사람은 비가 '주르륵' 온다 하고
어떤 사람은 비가 '뚝뚝' 온다 합니다.
사실 비는 특별한 소리를 내지 않고 내립니다.

어떤 사람은 잠이 '살살' 온다 하고
어떤 사람은 잠이 '솔솔' 온다 합니다.
사실 잠은 아무런 소리를 내지 않고 옵니다.

어떤 사람은 뽀뽀 소리가 '뽀뽀'로 들린다 하고
어떤 사람은 뽀뽀 소리가 '쪽쪽'으로 들린다 합니다.
사실 뽀뽀는 특별히 큰 소리가 나지 않습니다.

들리는 소리는 같지만 사람마다 또 다르게 듣습니다.
진짜 소리는 귀로 듣는 게 아니라 마음으로 듣는 거니까요.

마음대로

온탕에 있으면 냉탕이 그립고
냉탕에 있으면 온탕이 그립습니다.

함께 있으면 혼자가 그립고
혼자 있으면 함께 있고 싶습니다.

배가 고프면 음식이 그립고
배가 부르면 다이어트가 생각납니다.

군대에 있으면 집이 그립고
제대하면 군대 이야기를 자주 합니다.

왜?
내 마음은 내 마음대로 움직이지 않을까요?

역지사지

시각장애를 가진 사람들이 코끼리를 만져보고 생김새를 서로 말합니다.

다리를 만져본 사람: 코끼리는 나무 기둥 같다.

귀를 만져본 사람: 코끼리는 부챗살 같다.

코를 만져본 사람: 코끼리는 뱀 같다.

태어나서 한곳에서만 산 사람들이
태양이 떠오르는 것에 대해 말합니다.

바다에서만 산 사람: 태양은 바다에서 뜨지.

산에서만 산 사람: 말도 안 돼. 태양은 산에서 뜨지.

사막에서만 산 사람: 아니야. 태양은 사막에서 뜨지.

한자리에서만 고집하지 말고 자리를 바꿔보는 것도 좋은 방법입니다.
바닷가에 사는 사람이 산에 가면 자기 생각이 틀렸음을 알게 됩니다.

역지사지는 생각으로 가능할 것 같지만 그렇지 않습니다.
그 사람, 그 상황이 되어 직접 경험해야 알 수 있습니다.

쓰임

이외수 선생님의 캘리그라피는
자신만의 독특한 글자체를 가지고 있습니다.
이 글자체는 무엇으로 썼는지 몰랐습니다.
이외수 선생님과 수업시간에 그 에피소드를 나누었습니다.

그 글자는 너무 가난해서 라면 한 개로
사흘을 먹었던 시절에 만들었다고 하셨습니다.
돈이 없어 붓을 사지 못했고, 그 대신 라면을 먹던 나무젓가락으로
먹을 찍어서 글자를 쓰셨다는 것입니다.
그렇게 이외수 선생님만의 글자가 탄생했습니다.
이외수 문학관에는 나무젓가락으로 만든 작품까지 전시되어 있습니다.

하찮다고 생각했던 나무젓가락이 내 손에 오면
라면을 먹기 위한 용도로만 쓰이고,
대가의 손에 가면 예술 작품을 만드는 도구로 쓰입니다.

나이

올해도 한 살이 늘었다며,
자신이 늙었다며,
이제 할 것이 점점 줄어든다며
한탄하는 사람도 있습니다.

올해는 한 살 늘어 꿈도 늘어난다며,
올해부터는 더 다양한 것에 도전한다며
설레는 사람도 있습니다.

나이는 제약 조건이 아닙니다.
나이는 그 사람이 살아온
'길이'일 뿐입니다.

가지치기

형의 처가이자 조카의 외갓집이자 나의 사돈집에 자주 갑니다.
사돈집에는 사과 과수원이 있는데, 한번은 사과 가지치기를 했습니다.
사과에 더 많은 영양분이 가게 하는 이유로 가지를 치는 줄로만 알고
있었습니다.

사돈어른은 가지를 치는 또 하나의 이유를 알려주셨습니다.
가지 때문에 햇볕을 받지 못하면 제대로 익지 않을뿐더러 빨개지지
도 않는다는 사실!

열매가 더 잘 익기 위해서는 가지를 쳐야 합니다.
사람이 더 잘 익기 위해서는 가지를 쳐야 합니다.

단점, 열등감, 콤플렉스, 편견, 욕심, 집착…….

자신의 성장을 위한 이런 잔가지를 잘라버리세요.
내 안의 긍정이라는 열매가 더 잘 익을 수 있도록!

돌아보니

수능을 말아먹었습니다.
모의고사보다 90점 떨어졌습니다.
수능은 내 인생의 걸림돌이라고 생각했습니다.

가수가 되고 싶었습니다.
기획사 오디션, TV 오디션도 봤지만 모두 탈락했습니다.
그 시간을 낭비라고 생각했습니다.

다섯 살 때 부모님이 이혼했습니다.
자라면서 계속 엄마가 원망스러웠습니다.
난 부모복도 없는 사람이라고 생각했습니다.

돌아보니, 수능 덕분에 꿈을 찾은 계기가 되었습니다.
돌아보니, 노래를 부르는 강사가 되었습니다.
돌아보니, 쉽게 꺾이지 않는 잡초 근성을 얻었습니다.

힘듦은 돌아보니, 다 나에게 거름이 되었습니다.

부러워할 것 없다

솔로이던 나는 결혼한 친구를 부러워했습니다.
결혼한 친구는 솔로인 내가 부럽다고 했습니다.

세계 일주를 하는 친구를 부러워했습니다.
그 친구는 집밥 먹으면서 가족과 있는 내가 부럽다고 했습니다.

프리랜서인 나는 공기업을 다니는 친구를 부러워했습니다.
그 친구는 시간이 자유로운 나를 부러워했습니다.

아이였을 때는 어른이 부러웠습니다.
어른이 되니 마냥 뛰노는 아이들이 부러웠습니다.

이러한 부러움은 돌고 도는 듯합니다.
누군가를 부러워할 것 없나 봅니다.

기다림

친구들과 함께 해돋이를 보러 갔습니다.
기차를 타고, 지하철 첫차를 타고 바닷가에 도착했습니다.
너무 일찍 도착한 탓에 추위에 떨며 해가 뜨기를 기다렸습니다.
얼음장 같은 바닷바람이 손과 귀를 먼저 공격해 왔습니다.
바닷바람에 볼도 부끄러운 마냥 빨개졌습니다.
한 시간 동안 기다렸더니, 지평선의 바다도 빨개졌습니다.
해는 바로 뜨지 않았기에 또 기다려야 했습니다.
한 시간 반의 기다림 끝에 떠오르는 새해 첫해를 볼 수 있었습니다.

내 취미 중 하나는 사진을 찍는 것입니다.
하루는 수목원을 지나다가 길에서 예쁜 새를 만났습니다.
카메라는 가방 안에 있었고, 나는 최대한 빨리 카메라를 꺼냈습니다.
하지만 꺼내는 동안 새는 날아가버렸습니다.
수목원에는 저마다 삼각대에 올려놓은 카메라가 있었습니다.
'새의 길목을 지키고 있었구나!'
그들은 새를 찍기 위해 반나절을 기다린 듯했습니다.
한참 뒤, 그 새가 나타나자 사람들은 일제히 셔터를 눌렀고
예쁜 새를 카메라에 담았습니다.

해돋이를 보기 위해서는,
멋진 사진을 찍기 위해서는,
기다려야 합니다.

하물며 내 인연을 만나기 위해서는
더 기다려야 한다는 것을 알았습니다.

기도

한 수험생이 이렇게 기도했습니다.
'아는 문제만 나오게 해주세요.'

그랬더니 밤에 하느님이 나타나서 이렇게 말씀하셨습니다.
'아는 것을 늘리면 아는 문제만 나올 것이다.'

기도로 바꿀 수 있는 것은 시험문제가 아닙니다.
기도로 바꿀 수 있는 것은 자신뿐입니다.

장래희망

학생들의 장래희망
선생님, 의사, 연예인…….

대학생들의 장래희망
취직, 취직, 취직…….

직장인들의 장래희망
승진, 로또, 사표 쓰기…….

처녀, 총각 들의 장래희망
결혼, 결혼, 결혼…….

할아버지의 장래희망
건강하고 무탈하기.

어쩌면, 오늘이
미래에는 장래희망이 될지도 모릅니다.

고정관념

"사계절 중 어느 계절이 맨 먼저 시작되는가?"
이 질문에 대부분 봄을 꼽습니다.

달력을 기준으로 보면 1월인 '겨울'이 가장 먼저 시작됩니다.

6월에 태어난 사람에게는 사계절 중 '여름'이 가장 먼저 시작됩니다.

고정관념은 기준을 어디에서 잡느냐에 따라 깰 수 있습니다.
◉

주로
여자는 봄을 타고
남자는 가을을 탑니다.

여자들은
볼거리가 많을 때,
함께 볼 사람이 없을 때
외로움을 탑니다.

남자들은
볼거리가 사라질 때,
사라지는 그것들에 대해
그리움을 탑니다.

계절을 탄다

어버이날도 빨간 날로 보이는 다섯 가지 이유

1

어린이가 미래라면 어버이는 과거입니다.

미래도 중요하지만, 미래는 오늘을 거치지 않고 만들어질 수 없습니다. 오늘은 바로 과거가 쌓여서 만들어진 날입니다. 어린이는 미래의 일꾼이라면 어버이는 과거에 어린이를 만든 일꾼이며 장본인입니다.

2

어린이날에 받은 것을 어버이날에 갚아야 합니다.

어린이날에는 놀이동산, 야구장, 영화관 등 많은 곳에 놀러 다닙니다. 어버이들은 그날이 복잡하지만, 아이들이 서로 비교당할 것을 생각해서 힘들어도 아이들에 추억을 만들어줍니다. 하지만 어버이날에는 일에 치인 채 전화 한 통이 고작이고, 그나마 밥 한 끼 먹으면 다행입니다. 자녀들에게 빚을 받고자 키운 것은 아니지만, 자녀들은 최소한 어버이날에 어린이날에 대한 빚을 갚아야 합니다.

3

누구나 어린이는 될 수 있지만, 어버이는 될 수 없습니다.

결혼이 선택되어버린 현대에 어버이는 아무나 될 수 없습니다. 결혼해도 자녀를 갖지 않는 부부들도 있습니다. 이제 누구나 부모가 되는 것은 아닌 시대가 되었습니다. 어버이가 되기 위해서는 자녀를 낳고 기르는 노력의 과정이 필요합니다. 이런 과정을 거치지 않고는 어버이가 될 수 없습니다.

4

어린이는 연령 제한이 있지만, 어버이는 세상을 다하는 날까지 어버이입니다.

어린이는 만 4세부터 만 12세라는 시간적 제약이 있지만, 어버이는 자녀를 낳고 기르고 결혼을 시켜도 어버이입니다. 어버이는 이 세상을 다하는 날까지 자녀들을 걱정하고 사랑하는 사람입니다.

5

어버이가 없었다면 지금의 나는 없습니다.

어른이 되고 나도 어버이가 된 후로는 달력의 5월 8일이 빨간색으로 보이기 시작했습니다. 이 글을 빌려 부모님께 다시 한 번 감사의 말씀을 전합니다. 사랑합니다!

그리움은 추억을 더
진하게 한다

반 고흐의 〈별이 빛나는 밤〉에서 달과 별은 더 빛납니다.
더 빛나는 이유는 밤하늘에 대해 그리움이 크기 때문일 것입니다.

겨울에 그린 매화 그림은 색을 더 붉게 칠합니다.
더 붉게 그리는 이유는 봄에 대해 그리움이 크기 때문일 것입니다.

이루지 못한 첫사랑의 추억은 더 생생합니다.
더 생생해지는 이유는 그녀에 대해 그리움을 더하기 때문일 것입니다.

그리움은 모든 추억을 더 진하게 합니다.

준비된 이별

'9988 234(구구팔팔 이삼사)'라는 말이 있습니다.
구십구 세까지 팔팔하게 살고 2~3일 아프다가
생을 마감하는 게 좋다는 뜻입니다.

9988은 이해가 되지만 234는 잘 이해되지 않습니다.
긴 병에 효자 없다는 말처럼 너무 오래 아픈 것도
자식들을 고생시킵니다.
그런데 또 갑자기 죽으면 자식들은 예고 없는 이별에
놀랄 것입니다.

나는 할아버지, 아버지 두 분과 갑작스럽게 이별했습니다.
이별을 예상하지 못했던 만큼 놀람과
동시에 슬픔이 쓰나미처럼 닥쳤습니다.

그리고 2017년에 할머니를 천국으로 보냈습니다.
할머니는 두 달 정도 병원에 계셨는데,
그동안 이별을 준비할 시간을 가질 수 있었습니다.

물론 이별하지 않으면 좋겠지만,
누군가와 이별해야 한다면
짧더라도 준비의 시간은 필요합니다.

띄어쓰기

강의 때문에 무척이나 바쁜 나날을 보내고 있었습니다.
급하게 제안서를 만들어달라는 요청에 제목을 이렇게 붙였습니다.
'직업인성교육.'
시간이 흘러, 강의안을 본 담당자가 전화를 걸어왔습니다.

"선생님, 혹시 성교육도 하세요?"
"네? 성교육이라뇨? 전 학생들에게는 진로를 성인들에게는 동기부여
강의를 합니다. 성교육은 하지 않습니다."
"제가 제안서를 잘못 봤네요. '직업인 성교육'으로 읽었어요. 하하하!"
"아, 제가 띄어쓰기를 깜빡했네요. 수정하겠습니다. 하하하!"
이런 에피소드로 간단하게 끝이 나고 띄어쓰기를 제대로 했습니다.

문명 덕분에 편해졌는데
문명 때문에 더 바빠진 지금
잠시 띄어쓰라는,
잠시 쉬어 가라는
메시지가 아닐까 생각해봅니다.

되돌아오지 않는 것들을 그리워한다

고백하지 못한 짝사랑,
완성하지 못한 첫사랑,
공부 열심히 하지 않았던 학창 시절,
일찍 다니라던 돌아가신 엄마의 잔소리,
술 한잔 기울이며 추억을 만들었던 친구들,
눈이 오면 온종일 삽질하던 군대 시절⋯⋯.

사람들은 지나간 것들을 그리워합니다.
왜냐하면 되돌아오지 않기 때문입니다.

하고 싶은 것이 있다면,
표현하지 못한 것이 있다면,
함께하지 못한 사람이 있다면
지금 하세요!

지금은 영원히 되돌아오지 않습니다.

학교 다닐 때
머리는 수학공식을 기억하고
마음은 수학여행을 기억합니다.

여행할 때
머리는 장소를 기억하고
마음은 사람을 기억합니다.

몇 년이 흐른 뒤 돌이켜보면
머리로 기억한 장소는 흐려지고,
마음으로 기억한 것은
생생하게 추억됩니다.

한 장의 추억

긍정적인
코리안 타임

사람들이 늦는 습관을 '코리안 타임'이라고 합니다.
'코리안 타임'은 사람들이 정시보다 늦게 나타나는
버릇을 이르는 말입니다.

며칠 전 약속에서도 늦는 사람이 있어
저녁 8시에 시작하지 못했습니다.
진짜 신기한 것은 늦게 온 사람이 손해를 봐야 하는데
일찍 온 사람이 손해인 것 같은 느낌이라는 점입니다.

급하게 먹는 식사는 재료의 식감을 느낄 수 없고
체할 위험이 있듯이,
급하게 오는 길은
주변을 볼 수 없고 사고의 위험마저 있습니다.

'코리안 타임'이 5~10분 일찍 도착하는 긍정적인 뜻으로 바뀌도록
나부터 오늘 조금 일찍 도착하는 것은 어떨까요?

예측은 빗나가게
마련이다

중학교 때 친구를 만났습니다.
"말이 없던 네가 사람들 앞에서 말하는 진행자가 될 줄은 몰랐어!"
친구는 당시에 했던 예측이 빗나갔다고 했습니다.

고등학교 때 친구를 만났습니다.
"놀기 좋아했던 네가 다른 사람을 가르치는 강사가 될 줄은 몰랐어!"
친구는 당시에 했던 예측이 빗나갔다고 했습니다.

우리 형은 이렇게 말했습니다.
"책 한 권 제대로 읽지도 않던 네가 책을 쓰는 작가가 되다니! 내 동생이지만 작가가 될 줄은 몰랐어!"
함께 살던 형도 예측이 빗나갔다고 했습니다.

사실 나도 내가 이렇게 될 줄은 몰랐습니다.
나는 컴퓨터 프로그래머가 될 줄 알았으니까요.
내 예측도 빗나갔습니다.

누구의 예측도 빗나가게 마련입니다.

김밥

예전에는
소풍, 나들이, 여행 등
특별한 날에 먹었습니다.

지금은
먹을 것이 없을 때
끼니를 때우기 위해 먹습니다.

나는 김밥을 통해 배웠습니다.
아무리 잘나가도
인기는 언제 없어질지 모른다는 것을!
🎁

투표는 두 표다

〈복면가왕〉이라는 프로그램은 99명이 더 마음에 드는 사람에게 투표합니다.
한번은 가왕 결정전으로 퉁키와 고추 아가씨의 대결이었습니다.
두 사람의 노래는 용호상박으로 멋진 무대를 보여주었습니다.
나는 지난 가왕인 퉁키가 되기를 바라며 마음속으로 투표했습니다.
결과는 49:50으로 고추 아가씨의 승리였습니다.

퉁키가 두 표만 더 받았으면 51표로 가왕이 될 수 있다고 생각했습니다.
그런데 가만히 보니 퉁키가 두 표가 아니라 한 표만 더 받아도 승리할 수 있었습니다.
퉁키는 49표에서 1표 더 받으면 50표가 되고, 고추 아가씨는 자동으로 1표 줄어들어 49표가 되는 것이었습니다.

누군가에게 찍었던 한 표는 내가 지지하는 사람에게는 +1, 내가 지지하지 않는 사람에는 1이 된다는 것을 알았습니다.
다시 말해, 나의 한 표에는 두 표의 힘이 있었습니다.

투표하세요.
투표는 두 표의 힘을 가지고 있습니다.
투표는 Two 표의 힘을 가지고 있습니다.

그때는 모른다

1
그는 중학교 중퇴를 했습니다.
당시 부모님도 친구들도 모두 그의 중퇴를 말렸을 것입니다.
그때는 아무도 몰랐습니다.
그가 최고의 뮤지션이 될 줄은!

2
그는 대기업을 다니고 있다가 사표를 썼습니다.
당시 부모님도 친구들도 모두 그의 사표를 말렸을 것입니다.
그때는 아무도 몰랐습니다.
그가 유명한 개그맨이 될 줄은!

3
그는 법을 어겨 다시 군대에 입대해야만 했습니다.
당시 사람들은 그의 재기가 쉽지만은 않을 것이라 했습니다.
그때는 아무도 몰랐습니다.
그가 한국을 대표하는 가수가 될 줄은!

4
그는 수능을 시원하게 말아먹었습니다.
당시 그는 울며불며 재수하겠다고 했습니다.
그때는 아무도 몰랐습니다.
그가 책을 쓰는 작가가 될 줄은!

누구나 그때는 어떻게 될 줄 모르고
실패하고 쓰러졌습니다.
그렇다고 너무 슬퍼하지는 마세요.
아직 누구에게나 반전이 남아 있습니다.
나도, 그 누구도 모르는 반전이 남아 있습니다.

1. 서태지 2. 정형돈 3. 싸이 4. 이창현

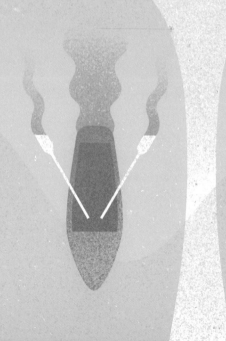

아이러니

효도는 부모님이 살아 계실 때 해야 하는 것임을 알지만, 이상하게도 부모님이 계실 때는 내 일이 먼저이고 내 자식을 먼저 챙깁니다.

일찍 도착하면 여유도 있고 좋다는 것을 알지만, 이상하게도 그 시간 다 되어서야 겨우 허겁지겁 도착합니다.

건강이 중요한 것을 알고 있지만, 이상하게도 건강을 잃고 나서야 통감합니다.

매번 나이 먹는 것은 싫어서 시간을 붙잡고 싶어 하지만, 이상하게도 평일에는 시간이 얼른 가 주말이 되길 바랍니다.

아이는 어른이 되고 싶어 하지만, 이상하게도 어른이 되면 아이 시절로 돌아가길 바랍니다.

세상에서 가족이 가장 중요하다고 하지만, 이상하게도 가족에게 가장 함부로 대합니다.

사람을 만나면 얼굴을 보고 이야기해야 함을 알지만, 이상하게도 스마트폰을 보며 이야기를 합니다.

전국노래자랑

송해 선생님이 진행하는 〈전국노래자랑〉은 노래를 부르면 '딩동댕'
과 '땡'을 쳐줍니다.

정말 신기한 것은, '땡'을 받은 참가자도 웃으며 기분 좋게 내려갑니다.
더 신기한 것은, '땡'을 받은 참가자에게 더 큰 박수가 나옵니다.

〈복면가왕〉, 〈가요대상〉, 〈인기가요〉, 〈가요톱10〉처럼 1등만 기억하
는 것과 달리, 전국노래자랑은 탈락자도 함께 빛나는 무대입니다.

우연이 관심을 만나면?

고대 그리스, 아르키메데스는 왕의 명령으로 은이 섞인 왕관인지 순금의 왕관인지 구분해야만 했습니다. 많은 연구를 했지만, 답을 찾을 수 없었습니다. 우연히 물이 가득 찬 욕조에 들어서는 순간, 부력의 원리를 알아내고는 "유레카!" 하고 외쳤습니다.

1666년, 아이작 뉴턴은 한적한 시골에서 과학과 철학에 대해 생각할 시간이 많았습니다. 어느 날, 사과나무 옆에서 쉬고 있던 뉴턴은 사과가 떨어지는 것을 보았습니다. 그리고 사과가 왜 떨어지는지를 궁리한 끝에 만유인력의 법칙을 만들 수 있었습니다.

1825년, 장 바티스트 졸리는 램프를 옮기려다 실수로 놓치고 말았습니다. 램프의 기름이 떨어진 자리에 기존에 있던 식탁보의 얼룩이 사라지는 것을 알아냈습니다. 이는 드라이클리닝의 시초가 되었습니다.

아르키메데스는 그전에도 물이 넘치는 것을 보았지만, 관심을 가지지 않았기에 알 수 없었습니다.

아이작 뉴턴은 그전에도 사과가 떨어지는 것을 보았지만, 관심을 가지지 않았기에 알 수 없었습니다.

장 바티스트 졸리는 그전에도 기름을 흘렸지만, 관심을 가지지 않았기에 알 수 없었습니다.

우리에게도 많은 '우연'이 있습니다.

'우연'에 '관심'을 기울이면 '필연'으로 바꿀 수 있습니다.

내 걸음으로 살자

친구 하나가 대출을 받아 외제 차를 샀습니다. 멋진 외제 차를 타고 다니는 사람이 부러웠던 만큼, 친구는 6개월 남짓 차를 탈 때마다 행복해했습니다. 그러나 지금 친구는 대출금을 갚고, 차 가격이 1년 사이에 떨어졌다며 외제 차 산 것을 후회합니다.

또 다른 친구는 큰 아파트에 사는 사람이 부러워 대출을 받아 50여 평짜리 아파트를 샀습니다. 아직 결혼하지 않은 친구는 그 집에서 혼자 살고 있습니다. 지금 친구는 관리비와 대출금이 만만치 않다며 집 산 것을 후회합니다.

차는 멋지지만 실상 가난하게 사는 사람을 카푸어(Car poor)라고 하고, 집은 멋지지만 실상 대출금 이자를 갚느라 허덕이는 사람을 하우스 푸어(House poor)라고 합니다.

이들의 특징은 내 걸음걸이가 아닌 다른 사람의 걸음으로 걸으려고 한 것입니다.
삶에서 가장 행복한 순간은 내 걸음걸이로 걸을 때입니다.

차창 밖 풍경

글을 쓰는 지금은 기차를 두 번 갈아타고 대구에서 충남 보령으로 가는 중입니다.

대구에서 천안아산역까지는 시속 300킬로미터가 넘는 KTX를 탔고, 아산역에서 보령까지는 시속 100킬로미터의 무궁화호를 탔습니다.

빠른 KTX는 시간을 단축해서 좋지만 지금 생각해보니 차창으로 밖의 풍경을 잠시만 볼 뿐이었습니다.

무궁화호를 타고는 해 뜨는 모습, 출근길 사람들의 모습, 들판 위의 사람 사는 풍경을 나도 모르게 한참을 쳐다봅니다.

나도 KTX처럼 바쁜 나날은 주위의 풍경을 잘 살피지 못했습니다. 가끔은 무궁화호처럼 느리게 가더라도 주위의 풍경을 구경하며 즐겨야겠습니다.

좋은 것들

내가 생각하는 좋은 책은
값비싸고 재질 좋은 것이 아니라
나의 마음을 두드리는 양서입니다.

내가 생각하는 좋은 강사는
화려한 언변이 있고 지식을 주는 이가 아니라
청중에게 감동을 주고 변화를 주는 사람입니다.

내가 생각하는 좋은 사람은
외모가 멋지고 좋은 차를 타고 돈 많은 이가 아니라
그에게 배울 수 있고, 매력에 끌리는 인물입니다.

어른과 아이

공부
어른은 경쟁거리
아이는 배울거리

결혼
어른은 현실거리
아이는 환상거리

집
어른은 투자거리
아이는 그릴거리

눈(雪)
어른은 걱정거리
아이는 놀거리

어른과 아이는 같은 곳에 살아도
다른 거리로 생각하고 만듭니다.

포기

이런 말이 있습니다.
'포기는 배추 셀 때만 사용하는 말이다.'

하지만 나는 꼭 그렇게만 생각하지 않습니다.
가수라는 꿈을 포기했더니 이벤트 MC라는 직업이 보였습니다.
이벤트 MC를 하다 보니 강의가 보였습니다.
강의를 하다 보니 글을 쓰는 작가가 보였습니다.

가수라는 꿈을 포기하지 않았더라면 이 글은 없었을 것입니다.
꿈을 향한 도전이 생계를 막을 때는 어쩔 수 없는 포기도 필요합니다.
그 포기로 말미암아 새로운 문이 보일 것입니다.

포기는 배추 셀 때도, 인생의 적재적소에 가끔 사용하는 것도 좋습니다.

PS
인생의 포기를 남발해서는 안 됩니다!

결혼 적령기

결혼하기에 가장 적절한 결혼 적령기는 언제일까요?

남자는 30대 초반, 여자는 20대 후반?
대기업이나 공기업 또는 공무원(선생님)처럼 좋은 직장을 잡은 후?
집 한 채를 살 수 있거나, 전세를 얻을 수 있을 때?
부모님이 결혼하라고 부추기거나 잔소리할 때?
내 주변의 친구들이 결혼해서 이제 나랑 안 놀아줄 때?

내가 생각하는 결혼 적령기는 그녀(그)와
평생 행복하게 살 거라는 확신이 들 때입니다.

심(心)부름

무더운 여름날 계단을 닦아달라는 할머니의 심부름은 왜 그렇게 하기 싫었는지…….
땀을 흘렸지만, 기분이 썩 좋지 않았습니다.

무더운 여름날 500명이 넘는 학생들 앞에서 하는 내 마음이 시키는 심부름은 즐겁습니다.
심지어 에어컨이 나오지 않아 더위에 사람의 열기까지 더해져 땀을 비 오듯이 쏟아도…….

다른 사람이 시키는 건 심부름이고
내 마음이 시키는 건 심(心)부름입니다.

남이 시키는 심부름은 재미없고 하기 싫습니다.
내가 시키는 심(心)부름은 즐겁고 재미있습니다.

즐기면 그뿐

35도가 넘는 극한의 더위에서도 야구를 하는 사람들이 있습니다.
이들은 덥다고 야구 경기를 중단하지 않습니다.
오히려 더위를 즐기며 웃고 있습니다.

영하의 추운 날씨에도 스키를 타는 사람들이 있습니다.
이들은 춥다고 스키를 멈추지 않습니다.
오히려 추위를 즐기며 웃고 있습니다.

아무리 좋지 않은 환경이라도
즐기는 사람에게는 그뿐입니다.

화려한 것은
독을 가지고 있다

독버섯을 먹으면
사람은 사망에 이를 수 있습니다.

TV에 중독되면
그것이 다인 줄 알고 사람은 바보에 이를 수 있습니다.

스마트폰에 중독되면
눈앞에서 사람을 사라지게 할 수 있습니다.

우리 눈에 화려한 것은
독을 가지고 있을 확률이 매우 높습니다.

실패담

강의할 때 나는 나 자신을 책 쓰는 작가라며 아홉 권의 책을 냈다고 소개합니다.
그러면 청중은 일단 별 반응이 없습니다.

이제 나는 내 첫 번째 책을 소개합니다.

나: 제 첫 책입니다. 《쪽집게 파워포인트 2007》입니다. 이 책은 전국에 100권 팔렸습니다.
청중: (약간의 웃음)
나: 100권 팔렸다는 것은 망했다는 이야기입니다.
청중: (웃음)
나: 100권 중 50권을 제가 샀습니다. 완전히 망했습니다.
청중: (폭소)

뜻밖에도 사람들은 나의 실패담을 좋아합니다.
실패를 숨기려는 사람이 많습니다.
사람들에게 다가가고 싶다면 자랑도 좋지만,
실패담도 나쁘지 않습니다.

미래의 가치

내 강의가 끝난 뒤 청중이 사인을 해달라며 줄을 섰습니다.
줄이 너무 길어지자 나는 청중에게 말했습니다.
"이 사인 받아봐야 아무 데도 쓸데없는데요. 꼭 안 받으셔도 돼요."
줄 선 청중 한 명이 말했습니다.
"나중에 TV에 나오실 거 같아서 미리 받아두려고요."
나는 기분이 좋아서 모든 분에게 정성껏 사인해주었습니다.

미래의 가치를 알아주는 이들은 인생의 강력한 모티브가 됩니다.

오심도 경기의 일부

축구 경기에서 심판 판정에 불만을 가지면
상대 선수들과 심판 3명까지 총 14명을 상대해야 합니다.
괜히, 심판도 상대팀으로 보이면 불만이 커져 경기의 흐름을 가립니다.

인생에서도 마찬가지입니다.
부당한 대우나 처사에 불만을 가지면 내 불만이 커져
인생의 흐름을 가립니다.

이영표 선수가 이런 말을 했습니다.
"심판 판정이 부당할 때가 반드시 있습니다.
하지만 그것도 경기의 일부이지요."

인생의 일부라 여기고 넘겨버리세요.
불만이 내 인생을 가릴 수 없도록!

이제 곧 회복될 것이다

몸살이 나면 고온에 진땀에 지독하게 앓은 뒤 회복됩니다. 이것을 '명현 현상'이라고 합니다. '명현'의 한자는 '어두울 명(冥)', '어지러울 현(眩)'입니다. 해뜨기 전이 가장 어둡지만 잠시 후 어둠이 걷히듯, 회복의 양상도 그렇게 흘러갑니다.

만약!
마음이, 몸이
너무너무 아프더라도 걱정하지 마세요.

이제 곧 회복될 것입니다.

자뻑은 나의 힘!

나는 글을 읽다가 좋은 문장을 만나면
혼자 "캬" 하며 소주 마실 때 내는 소리를 냅니다.
"신이시여, 내가 이런 글을 찾아냈습니다!" 하며 감탄합니다.

나는 글을 쓰다가 기가 막힌 문장을 만들어내면
혼자 "캬" 하며 소주 마실 때 내는 소리를 냅니다.
"내가 이런 글을 쓰다니 난 천재였어!" 하며 감탄합니다.

나는 강의를 하다가 청중의 뜨거운 반응을 보면
혼자 "캬" 하며 소주 마실 때 내는 소리를 냅니다.
"내가 이런 강의를 하다니 난 명강사야!" 하며 감탄합니다.

신기한 것은 이렇게 감탄할수록
좋은 문장이 계속 나오고,
좋은 글도 계속 나오고,
좋은 강의도 계속 이어집니다.

감탄은 감탄을 부릅니다.

외로움과
고독함

오늘은 나에게 아무 전화도 없고 카톡도 없습니다.
밥 한 끼를 하자고 해도 평일 낮이라 만날 사람이 없습니다.
'외롭다'라는 감정이 내 가슴을 파고듭니다.
어떤 것도 손에 잡히지 않는 외로운 시간입니다.

오늘은 나에게 아무 전화도 없고 카톡도 없습니다.
밥 한 끼를 하자고 해도 평일 낮이라 만날 사람이 없습니다.
'고독'을 씹으며 혼자만의 시간을 가집니다.
어떤 것도 할 수 있는 나만의 시간입니다.

생각해보니, 외로움과 고독함은 상황이 같습니다.
외로움은 채워야 충전이 된다는 마음이고,
고독함은 비워도 충전이 된다는 마음입니다.

벽

예전의 내 사무실 한쪽 벽면은 조립식 패널이었습니다. 이 패널 벽면에 시계를 걸기 위해 못을 박았습니다. 조립식 패널은 단단하지 않아 못이 쉽게 들어갔습니다. 벽이 부드러워 시계를 쉽게 걸 수 있었습니다. 다음 날, 아침 출근했더니 시계는 벽이 아닌 바닥에 있었습니다. 조립식 패널은 시계 무게를 이기지 못한 채 못을 바닥에 뱉어놓았습니다.

이번에는 단단한 벽면에 못을 박았습니다. 못을 박기 위해서 망치질을 했습니다. 못을 박다가 내 손도 찧어버렸습니다. 단단한 벽에 못을 박는 일은 쉬운 일은 아니었습니다. 조립식 패널 벽면보다 몇 배의 더 많은 두드림이 필요했습니다. 마침내 시계를 벽에 걸었습니다. 시계는 이사할 때까지 빠지지 않고 3년 동안 그 자리를 지켰습니다.

부드러운 벽은 쉽게 못을 받아들이고, 쉽게 못을 내보냅니다.
단단한 벽은 쉽게 못을 받아들이진 않지만, 한 번 받아들인 못은 쉽게 내보내지 않습니다.

극복

헬렌 켈러가 더 빛날 수 있었던 것은
그녀에게 삼중고가 있었기 때문입니다.

이순신 장군이 더 빛날 수 있었던 것은
12척으로 300척을 이겼기 때문입니다.

베토벤이 더 빛날 수 있었던 것은
그에게 청각장애가 있었기 때문입니다.

이 사람들이 더 빛나는 이유는
시련을 극복함으로써 시련을 후광으로 바꿔버렸기 때문입니다.

챔피언

1977년 11월 27일, 파나마의 수도 파나마시티에서 벌어진 WBA 주니어 페더급 초대 챔피언 결정전. 46전 39승 3무 4패의 홍수환 선수 상대는 KO로 전승한 11전 11승의 '지옥에서 온 악마' 헥토르 카라스키야 선수였습니다. 카라스키야의 홈그라운드에서 펼쳐졌기 때문에 홍수환은 더 불리했습니다.

경기가 시작되었습니다. 1라운드에서 홍수환은 카라스키야에게 많은 주먹을 허락했고, 근근이 버티는 정도로 불리한 처지에 놓였습니다. 2라운드가 시작되었습니다. 홍수환은 카라스키야의 펀치를 맞고 쓰러졌습니다. 관중은 카라스키야가 이긴 것처럼 열광의 함성을 터뜨렸습니다. 그러나 홍수환은 재빨리 일어났습니다. 홍수환은 2라운드에서 네 번 쓰러졌고 네 번 모두 일어났습니다. 피투성이가 된 홍수환은 생각했습니다.

'내 왼손에 한 번만 걸려라! 그때까지는 버티고, 일어난다.'

3라운드가 시작되었습니다. 홍수환은 불리했습니다. 하지만 맞으면서 왼손 한 방을 기다리고 또 기다렸습니다. 드디어 기회가 왔습니다. 홍수환은 원투 스트레이트를 날렸습니다. 카라스키야는 그 펀치를 맞고 흔들렸습니다. 기회를 잡은 홍수환이 오른손 어퍼컷을 날렸습니다. 그 뒤, 강력한 왼손 보디블로를 날렸고 카라스키야는 쓰러졌습니다. 4전 5기의 믿을 수 없는 신화를 쓰며 홍수환은 챔피언을 거머쥐었습니다.

챔피언은 쓰러지지 않는 사람이 아닙니다.
쓰러져도 일어나는 사람입니다.

함께라면

아무리 멋진 절경도 혼자라면
10분 이상 보기 어렵습니다.
딱히 볼 것 없는 풍경도 함께라면
오랫동안 바라볼 수 있습니다.

어린 시절, 가정환경이 좋았던 것이 아니라
함께한 친구들이 좋았습니다.
학창 시절, 학교 시설이 좋았던 것이 아니라
함께한 친구들이 좋았습니다.

함께라면,
풍경을 절경으로
기억을 추억으로
바꿀 수 있습니다.

봄은 꽃가루가 날려서 싫어요!
여름은 더워서 싫어요!
가을은 외로워서 싫어요!
겨울은 추워서 싫어요!

봄은 꽃이 펴서 좋아요!
여름은 휴가가 있어 좋아요!
가을은 낭만이 있어 좋아요!
겨울은 스키를 탈 수 있어 좋아요!

똑같은 사계절이지만
느끼는 사람에 따라
사계절은 다릅니다.

봄 여름 가을 겨울

나만의 방향

사막은 바람에 따라 그때그때 지형이 바뀝니다.
그래서 사막에서는 구체적인 지도가 유효하지 않을 수 있습니다.
그 대신 내가 가야 할 방향을 찾아줄 나침반이 필요합니다.

인생도 시대와 환경에 따라 그때그때 흐름이 바뀝니다.
그래서 인생을 살아갈 때는 생각이 유효하지 않을 수 있습니다.
그 대신 내가 믿고 따를 자신만의 방향이 필요합니다.

사막이 변해도 나침반이 있으면 목적지를 찾을 수 있고,
시대가 변해도 나만의 방향이 있으면 목적을 찾을 수 있습니다.

못생긴 손

오른손잡이의 오른손은 왼손에 비해 못생겼습니다.
왼손잡이의 왼손은 오른손에 비해 못생겼습니다.

왜냐하면,
그 손은 다른 손에 비해 더 많은 일을 하기 때문입니다.

세상에서 바꿀 수 있는 단 하나

대학생 시절에는 세상을 바꾸려고 목소리를 냈습니다.
신입 사원 시절은 회사를 바꾸려고 열정을 뿜었습니다.
사랑하는 사람을 바꾸려고 바가지를 긁어도 봤습니다.
선거철에 세상을 바꾸고 싶어 인터넷에 글도 올려봤습니다.

그러나 내가 바꾸려고 했던 것은 바뀌지 않았습니다.

지금에서야 알았습니다.
세상에서 바꿀 수 있는
단 하나는 바로
'나'뿐이라는 것을요!

그리움이 떨린다

진동 모드로 해놓은 휴대전화를 주머니에 넣었습니다.
분명 진동이 온 것 같은데…….
휴대전화를 켜보면 아무것도 오지 않았습니다.
몇 번이나 이런 증상이 일어났습니다.

휴대전화 진동이 떨린 게 아니라
내 마음의 그리움이 떨린 것입니다.

!

머리를 새롭게 한 친구를 만났을 때
"와! 예뻐!" 합니다.

후배가 일을 깔끔하게 했을 때
"있! 센스 있어!" 합니다.

모르는 것이 있었는데 다른 사람이 말했을 때
"그래! 그거야!" 합니다.

함께 멋진 풍경을 보았을 때
"우와! 멋져!" 합니다.

함께 맛있는 음식을 먹었을 때
"진짜! 맛있어!" 합니다.

조그만 성의에도
"정말! 감사합니다!" 합니다.

느낌표를 많이 사용하면 즐겁습니다.
느낌표를 많이 사용하면 행운이 옵니다.
느낌표를 많이 사용하면 행복합니다.
느낌표를 많이 사용하면
느낌 있는 사람이 됩니다!

좋았던 순간

축구 선수 기성용은 말했습니다.
"잘했던 경기 영상을 반복 시청하면서
'언젠가는 다시 잘할 수 있을 거야'라고
자기최면을 걸며 슬럼프를 극복했다."

미국의 전설적인 투수 존 스몰츠는 말했습니다.
"깊은 슬럼프에 빠졌을 때, 내가 퍼펙트로 공을 던진 경기들로
이 분짜리 동영상을 만들었고, 나는 그 동영상을 수없이 돌려봤다."

안 좋았던 순간을 떠올리면 과거에 묶여 나아가지 못합니다.
좋았던 순간을 떠올려보세요.
그때의 기분이 들면서 조금씩 전진하는 힘을 얻을 것입니다.

남에 대한
내 기대가 커지면
실망이 커집니다.

나에 대한
내 기대가 커지면
희망이 커집니다.

기대의 방향

그땐 몰랐다

어린 시절 호기심에 어른들 몰래 술맛을 보았습니다.
'우웩! 이런 쓴 것을 어른들은 왜 먹는지 모르겠다.'

어린 시절 호기심에 어른들 몰래 담배를 피워보았습니다.
'우웩! 이런 매운 것을 어른들은 왜 피는지 모르겠다.'

어른이 된 뒤 알았습니다.
세상살이가 더 쓰기 때문에 술이 달고
세상살이가 더 맵기 때문에 담배가 담백하다는 것을!

위기에
알 수 있다

힘든 위기의 시절을 겪어보면
그 사람과 나의 인연을 알 수 있습니다.

잠시 스칠 사람은 헤어지려고 합니다.
평생 함께 갈 사람은 헤쳐가려고 합니다.

돌

돌은
부처도 될 수 있고,
다리도 될 수 있고,
탑도 될 수 있고,
침대도 될 수 있고,
솥도 될 수 있고,
담도 될 수 있고,
기둥도 될 수 있고,
집도 될 수 있고,
도끼도 될 수 있고,
무덤도 될 수 있고,
계단도 될 수 있습니다.

돌의 용도는 처음부터 결정되어 있지 않습니다.
돌을 다듬는 사람이 결정하는 것입니다.

우리의 인생도 처음부터 결정되어 있지 않습니다.
인생을 다듬는 자신이 결정하는 것입니다.

빠르면 빠른 대로,
느리면 느린 대로

KTX를 타면
시간을 절약해서 좋습니다.

무궁화호를 타면
음악도 듣고 책도 읽을 수 있어 좋습니다.

자전거를 타면
산과 강을 보고 몸도 건강해져서 좋습니다.

걸어가면
꽃의 흔들림까지 느낄 수 있어 좋습니다.

빠르면 빠른 대로
느리면 느린 대로
모두 다 좋습니다.

충전

얼마 전, 사무실 식구 17명과 함께 필리핀으로 여행을 갔습니다.
바쁜 강의 일정을 끝내고
여행 가기 전날까지 원고를 마감하느라 정신없이 지냈습니다.

여행 가서 맛있는 것도 먹고, 마사지도 받고,
온천도 가고, 쇼핑도 했습니다.
그렇게 새로운 것들을 접하며 휴식을 취했더니
원고와 강의 걱정이 사라졌습니다.
여행을 다녀와서 글을 쓰는 데 훨씬 더 집중되고 좋은 글이 나왔습니다.

스마트폰이나 노트북 등 다른 것들은 충전하려면 채워야 합니다.
하지만 사람의 충전은 채우는 것이 아니라 비워야 합니다.

엄마가 좋아,
아빠가 좋아?

"사계절 중 어느 계절이 좋아요?"라고 물으면
대부분 한 계절을 말합니다.

그런데 어떤 이는 이렇게 말합니다.
"전 모든 계절이 다 좋은데요.
왜 꼭 한 계절을 좋아해야 하는지 모르겠어요."

모든 계절은 좋습니다.
봄은 꽃이 펴서 좋습니다.
여름은 휴가를 가서 좋습니다.
가을은 낙엽이 져서 좋습니다.
겨울은 그리움이 있어서 좋습니다.

우리는 무엇을 선택해야 한다는 선택 강박증이 있나 봅니다.
유아 때는 "엄마가 좋아, 아빠가 좋아?" 하는 질문에
세상에서 가장 힘든 선택을 합니다.
학교에서는 오지선다형의 '1~5번 중 하나를 고르시오.'에서
하나를 선택해야 합니다.
사회로 나오면 "유라인이야? 강라인이야?" 하는
라인을 선택해야 합니다.

좋아하는 것을 선택했다고
나머지를 싫어할 필요는 없습니다.
좋아하는 것을 선택하더라도
나머지를 무작정 외면하지는 마세요.

기회는 사소한 일
안에 있다

고등학교 3학년 때, 대구 시내를 지나는 길에 대형 쇼핑몰 앞에서 한 진행자를 보았습니다. 그 사람의 진행은 사람들의 발걸음을 잡았으며, 사람들의 배꼽도 잡았습니다. 나 또한 그 마법의 말솜씨에서 벗어나지 못했습니다. 다음 주에 그 무대로 다시 향했습니다. 나는 한 시간 손을 들었고, 그 사회자는 결국 나에게 노래할 기회를 주었습니다. 내가 대학생이 된 뒤, 어느 날부터 그 사회자가 방송에 나오기 시작했습니다. 그는 신인상과 연예대상을 탔습니다. 바로 방송인 김제동입니다. 그 후 나는 그를 롤모델로 삼았고, 레크리에이션 강사 및 이벤트 MC가 되었습니다.

2008년 독서를 주제로 강의하는 모임에 나갔습니다. 모임의 장은 나에게 강의를 해보라고 제안했습니다. 하지만 나는 강의를 못한다는 이유로 그 제안을 거절했습니다.

모임의 장은 잘하는지 못하는지 안 해보고 어떻게 아느냐며 다시 제안했습니다. 생각해보니 그의 말이 맞는 거 같아서 강의를 수락했습니다. 그렇게 시작한 강의 덕분에 나는 연 200회 이상 강의를 하는 강사가 되었습니다.

기회는 큰일 속에 있다고 생각했습니다.
하지만 내 인생을 바꾼 기회들은 길을 지나다 우연히 본 사회자 안에, 우연히 받은 제안에 있었습니다.

사소한 일을 등한시하는 사람은 기회를 만나기 어렵습니다.
기회는 사소한 일 속에 있습니다.

모두 수고했습니다, 오늘도

입시라는 부담감을 안고, 자율인 듯 자율 아닌
야간자율학습을 한 학생도

낙타가 바늘구멍 들어가는 것보다 어려운
취업 문을 열기 위해 자기 소설을 쓴 대학생도

상사에게 결재서류를 제출하고,
반려되어 다시 결재를 맡은 직장인도

상사의 욕을 먹고 욕을 먹으면 오래 산다며
스스로 마음을 다잡은 부하 직원도

최저 시급 8,350원보다 적은 돈을 받으면서
웃음을 잃지 않는 아르바이트생도

치워도 표시 나지 않는 집안일과 더불어
아이들이 밥투정해도 밥을 하는 엄마도

매번 위험하고 똑같은 일을 하면서도
웃음을 잃지 않은 극한직업을 가진 사람도

온종일 길가를 두리번거리며 용돈이라도 벌기 위해
폐지 줍는 할머니, 할아버지도

생명의 갈림길에서 있는 환자를 살리기 위해
땀을 흘리는 응급실 의사와 간호사도

환자의 병이 악화되는 것을 알지만
계속 환자를 닦아주는 간병사도

원고지 밖으로 안 나오려는 영감과 씨름하며
머리칼을 잔뜩 움켜쥔 작가도

오늘 모두 수고했습니다.
오늘 일을 무사히 마친 모두가
절대 강자입니다.

발걸음 무거운
당신에게
쉼표 하나가
필요할 때

일상이 복잡한 당신에게
쉼표 하나가 필요할 때

타임머신

지금, 타임머신이 발명되어
10년 전 나를 만나면 어떤 조언을 해줄 건가요?

10년 전의 나를 만나면, 나는 이런 말을 해주고 싶어요.

"퇴짜를 두려워 말고 고백을 해!"
(고백하지 않으면 더 큰 후회를 하니까)

"먹는 것을 줄이고 운동을 열심히 해!"
(나이를 들면 들수록 더 힘들어지니까)

"TV보다 책을 좀 더 읽어!"
(TV보다 책이 인생에 더 큰 도움이 되니까)

"게임을 줄이고, 하고 싶은 일을 해!"
(게임을 열심히 하면 캐릭터 레벨은 올라가지만 내 레벨은 떨어지니까)

"가족들과 함께 있는 시간을 더 가져!"
(몇 년 후면 함께하고 싶어도 할 수가 없으니까)

시간이 없어서

능력이 안 돼서 할 수 없는 일은 있습니다.
돈이 없어서 할 수 없는 일은 있습니다.
시간이 없어서 할 수 없는 일은 없습니다.

능력은 모두 다르게 갖추고 있고,
돈도 모두 다르게 가지고 있을 수 있습니다.
하지만 시간은 하루 24시간을 똑같이 가지고 있습니다.

시간이 없다는 건 시간을 내고 싶지 않다는 거고
그것을 정말 하고 싶다는 간절함이 없는 겁니다.

시간이 없어서라는 변명은
가장 어리석은 변명입니다.

🐚

연습

우리는 태어나면서 숨쉬기부터 연습합니다.
양수에서 호흡하다가 갑자기 폐호흡을 하려면 힘이 듭니다.
하지만 계속 연습하다 보면 폐호흡은 자연스러워집니다.

우리는 걷기 위해 걸음마를 연습합니다.
두 손과 발을 이용하다가 두 발만으로 이동하려면 힘이 듭니다.
하지만 계속 연습하다 보면 걷기는 자연스러워집니다.

우리는 수학을 잘하기 위해 구구단을 연습합니다.
그동안 접하지 못한 계산법이라 외우려면 힘이 듭니다.
하지만 계속 연습하다 보면 계산하기는 자연스러워집니다.

지금
숨쉬기를 연습하는 사람은,
걷기를 연습하는 사람은,
구구단을 연습하는 사람은 없습니다.

지금
어떤 일을 하는 것이 힘든가요?
너무 걱정하지 마세요.

연습을 반복하면
그 일은 쉬워집니다.

구 구(9×9)?
그냥 툭 답이 나오지 않나요?

처음에 어렵던 일도
반복에 반복을 거듭하면
자신도 모르게 툭 하게 됩니다.

반복이 지금의 나를
만들었다

나는 강사가 되겠노라 마음먹고
그날 명함을 디자인해서 인쇄했습니다.
유료 강의는 없지만, 사람들에게 강사라고 말하면서
무료로 강의했습니다.

나는 작가가 되겠노라 마음먹고 그날부터 글을 쓰기 시작했습니다.
출판한 적은 없지만, 나 스스로 작가라고 생각하면서
계속 글을 썼습니다.

사람들은 서서히 인정해주기 시작하면서
나는 지금 전국구 강사가 되었습니다.

사람들이 내 글을 읽어주었고, 그걸 출판사에 제안했고,
지금 나는 책 9권을 출판한 작가가 되었습니다.

무료 강의의 반복이 나를 강사로 만들어주었고,
SNS에 올린 글의 반복이 나를 작가로 만들어주었습니다.

반복이 지금의 직업을 만들었고,
반복이 지금의 나를 만들었습니다.

바로 일어나지
않는다

하지(夏至)는 1년 중 태양이 가장 높이 뜨고 낮의 길이가 가장 긴 날입니다. 상식적으로 생각해보면 이날 가장 더워야 하지만 하지가 지나고 한두 달 뒤인 7~8월에 가장 덥습니다.

동지(冬至)는 1년 중 태양이 가장 낮게 뜨고 낮의 길이가 가장 짧은 날입니다. 상식적으로 생각해보면 이날 가장 추워야 하지만 동지가 지난 한두 달 뒤인 1~2월에 가장 춥습니다.

우리가 하는 일도 마찬가지입니다.

그 일을 열심히 한다고
그 일은 바로 일어나지 않습니다.

악마의 유혹

'10분만 더 자야지!'
'다이어트는 내일부터!'
'일은 연예뉴스 보고 해야지!'
'리포트는 한 게임만 하고 해야지!'

10분보다 더 자서 지각합니다.
오늘도 무거워진 몸으로 다이어트 중입니다.
연예 뉴스 보다가 정작 중요한 일은 급하게 합니다.
게임에만 몰두했지, 리포트는 짜깁기로 합니다.

영화 〈곡성〉의 황정민처럼 말해보세요.
"악마는 '나중에'라는 미끼를 던져버린 것이고,
나는 미끼를 확 물어버린 것이요."

내가 악마에게 가장 많이 낚인 미끼 '나중에'는
악마가 가장 많이 쓰는 유혹입니다.

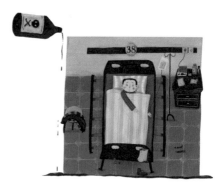

줄

마트 계산대, 계산하려는 사람들이 길게 줄을 섭니다.
조금이나마 빨리 계산하고 싶어서 가장 짧은 줄에 섭니다.
옆쪽 계산대의 줄이 내가 선 줄보다 짧은 것 같아 옮깁니다.
그렇게 몇 번 왔다 갔다 한 결과, 더 늦게 계산하는 나를 발견합니다.

주말 저녁 퇴근길, 많은 차가 차선마다 길게 늘어섭니다.
조금이나마 빨리 집에 가고 싶어서 정체가 덜한 차선으로 들어갑니다.
옆쪽 차로가 내 차로보다 빨리 주는 것 같아 핸들을 꺾습니다.
그렇게 몇 번 왔다 갔다 한 결과, 더 늦게 나아가는 나를 발견합니다.

공중화장실, 볼일을 보려는 사람들이 길게 줄을 섭니다.
조금이나마 빨리 볼일을 보고 싶어서 제일 짧은 줄에 섭니다.
옆쪽 줄이 내가 선 줄보다 짧은 것 같아 옮깁니다.
그렇게 몇 번 왔다 갔다 한 결과, 더 늦게 볼일을 보는 나를 발견합니다.

욕심 때문에 줄을 자주 바꾸면 낭패를 보기 쉽습니다.
빨리 자신의 차례로 만드는 방법은
자신의 줄을 변경하지 않는 것입니다.

내 길

다른 친구들이 성공하는 모습을 보면
나도 다른 일을 해볼까 하는 마음이 요동칩니다.

다른 좋은 글을 보면
그 글과 베껴 써볼까 하는 마음이 요동칩니다.

그래도,
나는 내가 하고 싶은 일을 하고
나는 내가 쓰고 싶은 글을 쓸 것입니다.

나는 내 길을 갈 것입니다.

전화는 평소에 하는 것이다

졸업하고 전화 한 통 없던 친구가 연락을 해왔습니다.
결혼한다고 국수 먹고 가랍니다.

결혼하고 전화 한 통 없던 친구가 연락을 해왔습니다.
돌잔치한다고 밥 먹고 가랍니다.

돌잔치하고 전화 한 통 없던 친구가 연락을 해왔습니다.
부모님이 돌아가셨다고…….

몇 년 뒤 친구가 연락을 해왔습니다.
돈을 빌려달라고…….

평소 연락이 없던 친구가
돌연 내 휴대전화를 울리면 두려워졌습니다.
전화는 필요할 때 하는 것이 아니라
평소에 하는 것입니다.
필요할 때 전화하는 사람은 비즈니스관계이고,
평소에 전화하는 사람은 친분관계입니다.

지금 보고 싶은 사람에게
그냥 전화 한 통 걸어보세요.

자신이 먼저!

비행기를 타면 비상시에 산소마스크가 좌석 위에서 내려오는데
보호자가 먼저 착용한 다음 아이에게 착용하라는 안내가 나옵니다.

만일, 아이에게 먼저 산소마스크를 씌워주다가
보호자가 산소 호흡으로 정신을 잃어버리면
그때는 보호자, 아이 모두 생명이 위태로워지기 때문입니다.

자신을 먼저 챙겨야 다른 사람도 챙길 수 있습니다.
자신이 행복해야 다른 사람의 행복도 챙길 수 있습니다.
자신을 먼저 사랑해야 다른 사람도 사랑할 수 있습니다.

5W1H

When 지금
Who 내가
When 여기서
What 할 수 있는 가장 작은 일
Why 내 마음이 시켜서
How 시작한다

5W1H를 내 삶에 연결해보세요.

내 마음이 시키는 일 있다면
지금, 여기에서 하세요.
내가 할 수 있는 가장 작은 일부터!

프로와 아마추어

아마추어는 재미를 위해 연습하고
프로는 실력을 키우기 위해 연습합니다.

아마추어는 '아마'라는 말을 많이 하고
'추워'라는 핑계를 대며 연습을 피합니다.

프로는 '100프로'에 가까워지기 위해
어떤 상황에서건 연습을 마주합니다.

자면서 꾸는 꿈은
시간이 지날수록
희미해집니다.

이루고 싶은 꿈은
시간이 지날수록
선명해집니다.

꿈

꿈은 동사

꿈을 머릿속에만 두는 사람은 힘들어합니다.
꿈을 행동으로 옮기는 사람은 힘들어하지 않습니다.

꿈은 머릿속에 머물러 있는 명사가 아닙니다.
꿈은 다리로 발품 팔고, 손으로 움직이는 동사입니다.

베타버전

컴퓨터 프로그램에는 베타버전(Beta Version)이라는 것이 있습니다.
베타버전은 완성된 프로그램이 나오기 전에 배포하여 버그나 오류를
수정하는 미완성 프로그램을 말합니다. 요즘은 스마트폰 어플도 이
런 형식의 베타버전을 통해 버전 업그레이드를 거듭하여 성장합니다.

나는 갑자기 생각나는 영감은 노트나 음성을 녹음한 뒤 글로 씁니다.
그렇게 써놓은 글을 며칠 뒤에 다시 수정하고 보완합니다. 이렇게 모
은 원고로 한 권의 책을 탈고할 때 또 수정합니다. 그리고 몇 달 뒤 퇴
고의 과정을 여러 번 거치며 조금씩 성장합니다.

처음 시작은 두렵고 힘들지도 모릅니다.
그럴 때는 베타버전이라 생각하고 일단 해보세요.

한 번에 완벽해지는 프로그램은 없듯,
한 번에 완벽해지는 사람 또한 없습니다.

해보기 전에는 모른다

어릴 때부터 나는 파란색을 좋아했습니다.
반면 빨간색은 여자들이 좋아하는 색이라 싫어했습니다.
한번은 우연히 빨간색 모자를 선물로 받았습니다.
선물을 받으면 기분이 좋아야 하지만, 나는 색깔이 파란색이 아니라 싫었습니다.
선물받은 모자를 쓰고 다니니 많은 사람이 빨간색이 잘 어울린다고 했습니다.
월드컵 응원을 하면서 붉은악마 옷인 빨간색 옷을 입었습니다.
친구들은 빨간색이 잘 어울린다는 이야기를 해주었습니다.
지금 내 옷장에는 파란색 옷은 거의 없고, 빨간색 옷이 제일 많습니다.
심지어 지금 타고 있는 차도 빨간색입니다.

한번은 미용실에 가서 머리를 했습니다.
나는 매번 평범한 스타일로 머리칼을 깎았고 그날 역시 같은 심사였습니다.
미용실 원장님이 나에게 GD 사진을 내밀면서 '투블록 커트'로 깎아보라고 했습니다.
나는 내가 GD처럼 생기지 않았을뿐더러 이렇게 깎으면 건방져 보일 거라며 손사래를 쳤습니다.
미용실 원장님은 자기가 책임질 테니까 한 번만 해보라고 했습니다.
그래서 처음으로 '투블록 커트'로 잘랐습니다.
주위 사람들은 내 머리가 잘 어울린다고 했고 나도 마음에 들었습니다.
그렇게 30대 초반부터 지금까지 '투블록 커트'로 매번 머리를 합니다.

나에게는 빨간색이 안 어울린다고 생각했지만
빨간색 옷을 입어봄으로써 어울린다는 것을 깨달았습니다.
나에게는 투블록 커트가 안 어울린다고 생각했지만
한번 해봄으로써 어울린다는 것을 깨달았습니다.
해보기 전에는 모릅니다.

꾼

보통 사람은 어제 마신 술로 인해 아침에 속이 쓰라리면
"다음부터는 술을 많이 마시지 말아야지!" 하며 후회합니다.
진정한 술꾼은 어제 마신 술로 인해 아침에 속이 쓰라리면
해장술로 해장합니다.

보통 사람은 춤을 추다가 다치면 "다음부터는 과한 춤을 추지 말아야
지!" 하며 후회합니다.
진정한 춤꾼은 그 동작을 다시 도전하고
더 멋진 동작으로 춤을 춥니다.

보통 사람은 농사를 짓다가 흉년이 들면 "내가 농사는 무슨 농사, 그
냥 접어야지!" 하며 후회합니다.
진정한 농사꾼은 흉년이 들어도 다시 도전하고
풍년이 들 때까지 농사를 짓습니다.

보통 사람은 이별하고 마음이 아프면
"다음부터 사랑 안 해!" 하며 후회합니다.
진정한 사랑꾼은 이별하고 후회한 것을 잊고
다음 사람에게 미련 없이 사랑합니다.

진정한 꾼들은 "그렇꾼" 하며
실패를 교훈 삼아 다시 그 일을 합니다.

처음부터 잘되는 일은
거의 없다

연필은 처음에 둥근 모양으로 만들었습니다. 그러자 책상에서 굴러 떨어져 연필심이 부러지는 경우가 많았습니다. 그래서 연필을 구르지 않게 하려고 사각으로 만들었습니다. 책상에서 굴러떨어지지는 않았지만, 연필을 오래 잡은 손이 불편했습니다. 결국 연필은 잘 굴러가지도 않고, 손에 잡기 편하도록 육각형으로 만들어졌습니다.

옛날에 안동에 양반이 많이 살아 고등어를 팔면 수익이 조금 더 남았습니다. 보부상들은 고등어를 안동까지 가지고 왔지만, 거리가 멀어 상할 수밖에 없었습니다. 그래서 바다에서 고등어를 소금에 절여 안동으로 가져왔습니다. 절인 고등어는 상하지 않았지만, 너무 짜서 상품 가치가 없었습니다. 보부상들은 고등어를 먹기 좋게 이동시키는 연구를 했습니다. 그 결과 안동에서 반나절 거리인 임동의 '챗거리 장터'에서 소금에 절였습니다. 챗거리 장터에 이르면 고등어가 얼추 상하기 직전에 도착할 수 있었습니다. 이때 소금 간을 하면 안동으로 가는 동안 맛있는 고등어가 되어 웃돈을 받고 팔 수 있었습니다. 먹기 좋은 간이 된 '간고등어'는 그렇게 안동의 명물이 되었습니다.

처음부터 잘되는 일은 거의 없습니다.
수정에 수정을 거듭해야 제대로 됩니다.

쉬운 것부터

나는 청소를 자주 하지 않습니다.
바꾸어 말하면 좀 지저분한 편입니다.

어느 날 책상 위가 지저분해 책상 위에 필요 없는 것을 정리했습니다.
그러다가 책상 서랍을 정리하기 시작했습니다.
정리 중 필요 없거나 버릴 것은 바닥에 내려두었습니다.
그 물건들을 치우다 보니 바닥에 먼지가 있다는 것을 알게 되었습니다.
빗자루로 쓸다 보니 사무실 전체를 쓸게 되었습니다.
책상 위만 치우려다 결국 사무실 대청소로 발전되었습니다.

처음부터 너무 거창한 대청소를 해야겠다고 마음먹기란 쉽지 않습니다.
책상 위부터 치우는 쉬운 것부터 시작하면 내 몸에서 시동이 걸려 다음 단계로 갈 수 있습니다.

어떤 일에 몸이 선뜻 움직이지 않을 때는
쉬운 것부터 해보면 어떨까요?

떨림을 설렘으로

나는 자주 이런 질문을 받습니다.

"사람이 많은 무대에 올라가면 떨리지 않나요?"

"예전엔 저도 떨렸습니다. 그러나 지금은 그렇게 많이 떨리지 않습니다."

"그 떨림을 어떻게 극복하셨나요?"

"고등학교 때 처음으로 많은 사람 앞에서 장기자랑을 했을 때는 앞이 보이지 않았고, 무대 위에서 긴장해서 내가 무엇을 했는지도 기억이 안 날 정도였습니다. 대학교 OT 때 장기자랑을 또 나갔는데 앞의 관객은 보이지 않았어도 무대에서 진행자와 내가 할 것은 잊지 않고 했습니다. 군대에서 몇천 명이 있는 무대를 몇 차례 경험했더니 이제 관객이 보이기 시작했습니다. 돌잔치 진행을 계속하다 보니 행사 전체가 보이고 관객들과의 소통이 시작됐습니다. 이제는 그 무대의 떨림이 무대의 설렘으로 바뀌었습니다. 이제는 떨리지 않고 설렙니다."

떨림이 설렘으로 바뀌는 데는
경험만큼 좋은 스승은 없는 듯합니다.

말하는 대로

나는 대구공업대학교 호텔항공관광과에 5년 동안
외래교수로 강의를 나갔습니다.
그리고 매 수업 마지막 날 학생들에게 말했습니다.

"나는 꿈꾼다. 언젠가는 내가 해외여행을 가는데 비행기 안에서 이
중의 한 명과 만나는 꿈. 너희가 '이창현 교수님' 하고 알아봐주었으
면 하는 꿈. 나는 못 알아볼 거야. 너희가 '몇 학번에 누구'라고 이야
기하면 그제야 알아보겠지! 그리고 나한테 기내식을 하나 더 주는 꿈
말이야!"

2017년 1월 필리핀으로 해외여행을 가기 위해 김해공항으로 갔습니다.
거기에서 신분증과 가방 검사를 하던 중이었습니다.
"이창현 교수님!"
돌아보니 낯익은 얼굴이었지만 정확하게 알아보지는 못했습니다.
"대구공업대 12학번 ○○○입니다."
그제야 나는 제자를 알아보았고, 제자에게 자동출입국 신청까지
친절하게 안내받을 수 있었습니다.

해외여행을 가는 비행기 안에서 기내식을 두 개 받지는 못했지만,
내가 말한 대로 이루어지는 설렘을 느낄 수 있었습니다.

두려움의 안개를
걷히게 하는 방법

그 옛날의 학창 시절 매를 맞을 때,
매를 맞기 전 기다림의 시간이 더 힘듭니다.
막상 몇 대 맞고 나면 쓰라림은 조금 있지만
몇 번 쓰다듬으면 괜찮아집니다.

롤러코스터를 탈 때, 탑승 전
기다림의 시간이 더 힘듭니다.
막상 오르락내리락하면 무서움은 곧 사라집니다.

무엇인가를 하기 전에는 두려움의 안개가 마음을 뒤덮습니다.
이런 두려움을 없애는 방법은 일단 행동하는 것입니다.
행동하기 시작하면 두려움의 안개는 조금씩 걷힙니다.

마음의 병은
시작하면 사라진다

월요병은 미래에 대한 두려움 때문에 나타나는 병입니다.
월요병은 일요일 저녁에 가장 증상이 심합니다.
월요일, 회사에 출근하면 월요병은 사라집니다.

울렁증은 미래에 대한 두려움 때문에 나타나는 병입니다.
고백은 고백하기 전날 가장 증상이 심합니다.
고백하고 나면 울렁증은 사라집니다.

월요병이나 울렁증 같은 두려운 마음의 병을 사라지게 하는 방법은
그 일을 시작하는 것입니다.

마음의 병은 시작하면 서서히 사라집니다.

오답 노트

우리 형은 공부를 잘합니다. 그것도 아주 잘합니다. 못할 때는 전교 10등 안팎, 잘할 때는 전교 5등 안에서 놀았습니다. 다른 사람은 엄친아가 상상 속의 인물이라면 나는 엄친아와 한집에서 살았습니다. 나는 공부를 나름대로 열심히 했지만, 형처럼 성적이 올라가지 않았습니다.

얼마 전 이사를 하면서 고등학교 때 형의 노트를 발견했습니다. 그노트 중 절반은 〈오답 노트〉였습니다. 오답 노트는 형이 문제집을 풀고 틀린 문제를 잘라 스크랩해둔 것인데, 문제 아래에는 왜 틀렸는지 해석까지 상세히 적혀 있었습니다. 나는 형의 오답 노트를 보고 감탄하지 않을 수 없었습니다.

오답 노트는 실수한 것을 반복하지 않기 위해 만듭니다. 다음에 실수한 문제가 나오면 그것을 맞추기 위해서 적어놓은 것이지, 그 실수를 반복하려고 만든 것은 아닙니다.

나는 실수했을 때 그것을 오답 노트에 적어둡니다. 그러고는 다시 그런 실수를 반복하지 않기 위해 노력합니다.

내 오답 노트

우산을 두고 오지 않는다.
지갑을 잃어버리지 않는다.
예비 키를 만들어둔다.
거짓말을 하지 않는다.
노트북 전원 케이블을 두고 오지 않는다.
강의 시간 30분 전에 도착한다.
약속 시각 15분 전에 도착한다.
늦으면 집에 반드시 연락한다.
전기 단속을 잘한다.
스마트폰이 있는지 항상 체크한다.
부재중 통화가 오면 다시 전화한다.
🐚

성공의 내면

SNS로 알게 된 한 강사님이 너무 샘났습니다.
전국으로 강의를 나가는데, SNS에 강의 모습과 후기를 올린 것을 보면 부럽기 짝이 없었습니다.
'나는 강의도 별로 없는데, 저 사람은 왜 강의가 많지!'
그 강사님이 대구로 강의를 왔고 나는 그를 만나러 갔습니다.
강의가 끝난 뒤 둘이서 식사를 하게 되었고 이것저것 물어봤습니다.

"강사님은 어떻게 그리도 강의가 많아요?"
"블로그에 계속 올린 글과 자료 덕분에 섭외가 들어옵니다. 강사님도 블로그에 좋은 글이나 좋은 자료를 매일 올려보세요."
"저도 알지만 잘 안 됩니다. 매일 올린다는 게 말이 쉽죠."
"물론 저도 어려워요. 가끔은 밤을 새우면서도 블로그에 글을 씁니다. 꼭 해보세요."

그 강사님의 조언을 받아들여서 매일 블로그에 글을 올렸습니다.
매일 올린다는 것은 정말 어려운 일이었습니다.
2년 정도 글을 올리자 방문객도 늘었고, 블로그를 보고 강의 섭외도 점점 늘어났습니다.
지금은 그 강사님 SNS를 보며 시샘하지 않습니다.
'좋아요'를 눌러주고 늘 고마운 마음을 가지게 되었습니다.

성공의 외면만 보면 그 사람을 시샘하지만
성공의 내면을 알면 그 사람을 배울 수 있습니다.

하고 싶은 일

어떤 일이든 초보 때는 하고 싶은 일을 하기 위해
하기 싫은 일 10개를 해야 하는 듯합니다.

시간이 흘러 중수 때는 하고 싶은 일을 하기 위해
하기 싫은 일 7개는 해야 하는 듯합니다.

내공이 쌓여 고수 때는 하고 싶은 일을 하기 위해
하기 싫은 일 3개는 해야 한다고 합니다.

하고 싶은 일을 하기 위해서는
하기 싫은 일을 당연히 해야 합니다.

나를 말해주는 것

사랑하는 생각만으로 애인이 되는 것은 아닙니다.
사랑하는 행동을 해야 애인이 됩니다.

열정적인 생각으로 열정적인 사람이 되는 것은 아닙니다.
열정적인 행동을 해야 열정 있는 사람이 됩니다.

좋은 아이디어만으로 창의적인 사람이 되는 것은 아닙니다.
좋은 아이디어를 실행해야 창의적인 사람이 됩니다.

어떤 생각이 그 사람을 말해주는 것이 아니라
어떤 행동이 그 사람을 말해줍니다.

뇌장고를 부탁해!

얼마 전 TV 프로그램 〈냉장고를 부탁해〉를 봤습니다. 냉장고에 많은 음식을 먹지 않고 보관만 하다가 먹지 않고 버리는 우리의 냉장고 문화를 새롭게 해석했습니다. 연예인의 냉장고를 통째로 스튜디오로 가지고 와 그 재료로 요리를 만드는 프로그램입니다.

요즘은 먹을 음식이 넘칩니다. 그리고 먹다가 남으면 냉장고로 직행합니다. 냉장고에 보관된 음식은 다시 요리되기보다 그대로 버려지기 일쑤입니다. 우리 집 냉장고도 검은 봉지 블록이 만들어져 있습니다.

우리의 뇌에 있는 창고도 마찬가지입니다. 이제는 SNS에 좋은 글과 운동 정보 등 정보가 넘쳐납니다. 이제 책을 보지 않고 이런 정보만 보더라도 자극받고 동기 부여할 수 있습니다. 하지만 이런 정보가 넘치다 보니 냉장고 속 검은 봉지처럼 우리의 뇌장고에도 많은 정보가 방치됩니다.

냉장고에도 재료가 너무 많으면 과부하가 걸리듯,
뇌장고에도 정보가 너무 많으면 과부하가 걸립니다.

냉장고의 재료를 꺼내어 멋진 요리를 만들듯,
뇌장고의 정보를 꺼내어 멋진 행동으로 만드세요!

뇌장고를 부탁해!

책을 쓰고 싶다는 사람들이
나에게 묻습니다.
"어떻게 하면 책을 쓸 수 있나요?"
나는 말합니다.
"쓰세요. 하루에 한 페이지."
그들이 말합니다.
"준비되면 쓰겠습니다."
이렇게 말한 사람 중
책을 쓴 이는 없습니다.

'되면 쓴다'가 아니라
'쓰면 된다.'
'되면 한다'가 아니라
'하면 된다.'

하면 된다

고수도 초보였다

프로 레이싱 선수도
운전대에 바짝 붙어
운전하던 초보 시절을 거쳤습니다.

베테랑 배우도
대사 한 마디 없는
엑스트라 초보 시절을 거쳤습니다.

스타 강사도
아무도 없는 골방에서
혼자 강의하던 초보 시절을 거쳤습니다.

처음 하는 일은 원래 어렵고
누가 알아주지도 않습니다.

고수도 원래 초보였습니다.

미루면 밀린다

오늘 할 일을 내일로 미루면
내일 그 일을 모레로 미룹니다.
모레로 미룬 그 일은 다시 글피로 미룹니다.
이렇게 미루다 보면 그 일을 잊어버리기 일쑤입니다.

'의도성 체감의 법칙(The Law of Diminishing Intent)'이 있습니다.
이는 지금 할 일을 미룰수록 실천 가능성은 계속 작아진다는 법칙입
니다.

벤저민 프랭클린은 말했습니다.
"오늘 할 일을 내일로 미루지 말자."

옷은 많은데
입을 옷이 없는 이유

첫 번째, 시대는 흘렀는데 옷이 트렌디하지 못해서.
두 번째, 옷은 많은데 정리를 안 해서 입을 옷을 찾기가 힘들어서.
세 번째, TV나 매체를 통해 좋은 옷을 접하다 보니 눈이 높아져서.
네 번째, 예전 옷보다 신상 옷을 입고 싶어서.
다섯 번째, 살이 쩌 옷 사이즈가 맞지 않아서.

입을 옷이 없는 나의 이유는 다섯 번째입니다.

다시

자전거를 잘 타는 이는
여러 번 넘어져도 다시 일어나는 사람입니다.
스케이트를 잘 타는 이는
여러 번 넘어져도 일어나는 사람입니다.
인생을 잘 사는 사람도 마찬가지입니다.
여러 번 시련과 고난에 넘어져도
다시 일어나는 사람입니다.

재미는 사람을
움직이게 한다

계단을 활용하지 않는 사람들에게 '계단으로 다니면 운동도 되고 다이어트 효과도 있다'는 캠페인을 했습니다. 하지만 그다지 호응이 없었습니다. 그래서 계단 활용을 독려하고자 아이디어를 냈습니다. 밟으면 '도레미파솔라시도'의 피아노 소리가 나는 재미있는 계단을 만들었습니다. 사람들의 계단 사용률이 66퍼센트나 증가했습니다.

미국 정부에서는 사람들의 운동량을 늘리기 위해 많은 캠페인을 했고, 다양한 운동 시설도 설치했습니다. 하지만 의도대로 되지 않았습니다. 2016년 '포켓몬 고'라는 증강현실 게임이 등장했고, 사람들은 포켓몬을 잡기 위해 걷기 시작했습니다. 게임을 하는 이들의 운동량이 예전보다 25퍼센트나 증가했습니다.

역시,
재미는 사람을 움직이게 합니다.

쉬운 일부터 해보자

책을 읽고 싶다면
짧아서 쉽게 책장이 넘어가는 책부터 보세요.

운동하고 싶다면
무작정 밖으로 나가 걷기부터 해보세요.

소설을 쓰고 싶다면
쉬운 1장짜리 소설부터 써보세요.

쉬운 일부터 시작하다 보면
느낌이 오고 그 일이 점점 커질 거예요.

그 일을 너무 큰 일로 생각하면 시작하기 어렵습니다.
하지만 쉬운 일부터 하면 서서히 움직여집니다.

🌀

세상에는 두 종류의
바보가 있습니다.

첫 번째는
할 수 있음에도 하기 싫고,
겁먹어 아무 일도 하지 않는
바보입니다.

두 번째는
할 수 없다고, 불가능하다고,
한 적이 없다고
다른 이가 말해도 하는
바보입니다.

첫 번째 바보는
이름을 남기지 못했고,
두 번째 바보는
이름을 남겼습니다.

바보

쓸모없는 경험이란 없다

1

그는 대학교 중퇴 이후 취미로 세리프와 산 세리프체를 배웠습니다. 서체를 배우는 것은 취미일 뿐 당시에는 큰 유용성은 없었습니다. 그 공부는 훗날 아름다운 서체를 가진 최초의 퍼스널 컴퓨터 개발의 바탕이 되었습니다.

2

그녀는 불문학과 고전학을 전공했습니다. 두 전공 다 취업하는 데 크게 쓸모없었습니다. 그녀는 포르투갈에서 선생님이 되었는데, 학생들에게 불어가 아닌 영어를 가르치는 선생님이 되었습니다. 그녀의 전공은 훗날 상상의 나래를 펼치는 유명한 소설의 토대가 되었습니다.

3

그는 가수가 되고 싶어서 노래를 불렀고, 많은 무대에 섰습니다. 여러번 시도했지만, 가수가 되지 못했고 강사가 되었습니다. 가수에 도전한 시간과 경비가 아까웠고, 쓸모없는 경험이라고 생각했습니다. 그는 강사로서 노래를 접목한 강의 콘서트라는 것을 만들어 사람들에게 즐거움을 줄 수 있었습니다.

쓸모없다고 생각한 경험이 그들에게 성장의 디딤돌이 되었습니다.

1. 스티브 잡스 2. 조앤 롤링 3. 이창현

잔소리와 조언

같은 내용이라도
잔소리는 듣는 사람이 기분 나빠지는 말이고
조언은 듣는 사람의 기분을 상하지 않게 하는 말입니다.

잔소리는 말하는 사람이 먼저 못 참고 하는 말이고
조언은 듣는 사람이 요청해서 하는 말입니다.

잔소리는 여러 번 반복되는 말이고
조언은 한 번만 하는 말입니다.

이렇게 써놓고 보니
나도 조언보다는 잔소리를 더 많이 했던 것 같습니다.

말 잘하는 사람

말 잘하는 이는
수다스러운 사람도
재미있는 이야기를 많이 아는 사람도
다른 사람을 웃기는 사람도
다양한 경험이 있는 사람도
개인기가 많은 사람도
다양한 표정을 짓는 사람도
아재 개그를 하는 사람도
말을 적게 하는 사람도
아닙니다.

말 잘하는 이는
자신의 말을 잘하는 사람이 아니라
상대가 말을 잘하게 만드는 사람입니다.

하수와 고수

하수는 한 번에 만 가지 생각을 하고
고수는 한 번에 한 가지 생각에만 집중합니다.

하수는 한 번에 많은 일을 하려 하고
고수는 한 번에 한 가지 일에만 집중합니다.

하수는 마칠 시간이 되면 바쁘고
고수는 처음부터 끝까지 자신의 페이스를 유지합니다.

하수는 매번 급한 불을 끄고
고수는 급한 불이 되기 전에 불씨를 끕니다.

실패는 또 다른 기회가 온다는 뜻이다

시험을 망친 것이지, 내 인생을 망친 것은 아닙니다.
시험은 또 칠 수 있습니다.

이성에게 차인 것이지, 내 인생이 차인 것은 아닙니다.
이성은 또 만날 수 있습니다.

면접에 떨어진 것이지, 내 인생이 바닥에 떨어진 것은 아닙니다.
좋은 직장이 또 기다리고 있습니다.

사업에 실패한 것이지, 내 인생이 실패한 것은 아닙니다.
좋은 일이 또 기다리고 있습니다.

어떤 실패가 왔을 때 스스로 과대해석하면 자신이 괴롭습니다.
실패는 나를 좌절시키려는 게 아니라
나를 더 강하게 만들려는 것입니다.

실패에 머물면 실패이지만 실패에 머물지 않는다면
실패는 더 좋은 기회를 불러올 것입니다.

오뚝이

오뚝이는 이리 밀어도 저리 밀어도
넘어졌다가 다시 일어납니다.
오뚝이 밑쪽에 무거운 추가 있기 때문입니다.

주변에 잘 보면
사랑에 실패하고도 다시 사랑하는 사람이,
사업에 실패하고도 다시 재기하는 사람이,
어떤 것에 실패하고도 다시 도전하는 사람이 있습니다.

다시 일어나는 사람들의 특징도 오뚝이와 같습니다.
그들은 실패를 무거운 추로 삼아 균형을 잡고 다시 일어납니다.

실패는 십중팔구

10명 정도 소개팅을 하면
그중 80~90퍼센트는 차이고
한두 명 성사됩니다.

10회의 입사원서를 넣으면
그중 80~90퍼센트는 안 되고
한두 번만 면접까지 갑니다.

10회 정도 도전을 하면
그중 80~90퍼센트는 안 되고
한두 번 도전에 성공합니다.

지금 사랑이 안 되고, 취업도 안 되고,
그 어떤 일도 잘 안 되더라도 좌절하지 마세요.

누구나 실패는
십중팔구로 일어납니다.

한두 번 시도했다면, 10번 시도해보세요.
그러면 한두 번은 성공이 찾아올 것입니다.

실패와 노력은
성공에 가려져 있었다

전교 1등은 머리가 좋아서 계속 공부를 잘하는 것 같았습니다.
나는 공부를 해도 성적이 제자리걸음이었습니다.

친구 녀석은 대기업에 쉽게 입사한 듯했습니다.
나는 입사원서를 넣는 곳마다 거절당했습니다.
그렇게 50번이 넘는 퇴짜를 맞았습니다.

베스트셀러 작가는 내는 책마다 베스트셀러가 되는 것 같았습니다.
내 출간 제안서는 출판사마다 거절을 불러왔습니다.
그렇게 100번이 넘는 퇴짜를 맞았습니다.

나는 안 된다 실망하고 자책하며 체념했습니다.

나중에 알았습니다.
전교 1등은 몇 날 며칠을 밤새워서 공부했습니다!
친구 녀석은 100곳 넘게 입사원서를 넣었습니다!
베스트셀러 작가는 망한 책이 10권이 넘었습니다!

다른 사람의 실패는 그들의 성공에 가려져 있었습니다.
다른 사람의 노력은 그들의 성공에 가려져 있었습니다.

나는 다른 사람의 실패와 노력은 보지 않았습니다.
그들의 성공 하나만 바라보았습니다.
이제는 그 실패와 노력을 보며 같은 길을 가고 있습니다.

힘듦이 나를 여기에 데려다놓았다

취업준비생은 구직 활동이 힘듭니다.
하지만 힘듦이 계속되면 취업을 합니다.

초보운전자는 운전이 힘듭니다.
하지만 힘듦이 계속되면 베스트 드라이버가 됩니다.

사회초년생은 적응하랴 비위 맞추랴 힘듭니다.
하지만 힘듦을 참고 견디면 부장이 됩니다.

지금은 힘듭니다.
하지만 힘들다는 것은 성장하고 있다는 뜻입니다.

나를 돌아보면
그 시절의 힘듦이 나를 여기에 데려다놓았습니다.

지금 힘듦을 견디고 있다면
그 고난이 당신을 더 높은 곳으로 데려갈 것입니다.

패자부활전

골든벨 프로그램에는 떨어진 사람에게
다시 기회를 주는 패자부활전이 꼭 있습니다.

오디션 프로그램에는 떨어진 사람에게
다시 기회를 주는 패자부활전이 꼭 있습니다.

우리 인생에도 넘어진 사람에게
다시 일어서도록 기회를 주는 패자부활전이 꼭 있습니다.

TV 프로그램은 한두 번의 패자부활전이 있지만
인생의 패자부활전은 내가 마음먹은 만큼
치를 수 있습니다.

기본기

앞에서 두 자를 읽어도 기본,
뒤에서 두 자를 읽어도 기본.

성공한 사람들은
시작할 때부터 '**기본**'에 충실하고
끝날 때까지 '**기본**'을 잊지 않습니다.

시작할 때부터 끝날 때까지
기본에 충실히 하는 것이야말로 최고의 기본기입니다.

메주

메주는 간장, 된장이 되려면
곰팡이를 끌어안아
자신의 일부로 만들어야 합니다.

곰팡이 때문에 못생겼고,
썩었다는 오해를 받지만
극복하고 맛있는 장이 됩니다.

사람은 성공, 행복하려면
실패를 끌어안아
자신의 일부로 만들어야 합니다.

실패 때문에 좌절하고 시련을 겪지만
극복하고 멋진 장인이 됩니다.

포기하지 않겠다

나에게는 백도 없습니다.
나에게는 돈도 없습니다.
나에게는 키도 없습니다.
나에게는 외모도 없습니다.

그렇다고,
내 꿈을 포기하지 않겠습니다.

애벌레가 날개 없다고
하늘을 포기하지 않듯이!

레벨업

어제의 나를 이겨야 합니다.

게임이라는 가상 세계에서는 만렙이라 뭐든 할 수 있지만
인생이라는 현실 세계에서는 최저임금으로 겨우 목구멍에 풀칠합니다.

당신이 프로게이머이거나 프로게이머가 꿈이 아니라면
게임으로는 인생을 레벨업할 수 없습니다.

인생에서는
괴물에게 이기는 것이 아닌,
어제의 나를 이기는 게 진짜 레벨업입니다.

극복의 왕 에디슨

발명왕 에디슨에게는 청각장애가 있었습니다. 어느 날, 기자가 청각장애에 대해 에디슨에게 물었습니다.

"귀가 잘 들리지 않아서 실험과 연구에 불편함은 없었습니까?"

에디슨이 웃으며 말했습니다.

"아, 제 귀가 들리지 않았었군요. 말해주지 않았으면 잊고 지낼 뻔했습니다. 저는 살아가면서 귀가 잘 들리지 않은 것에 대해 단 한 번도 낙심하거나 실망하지 않았습니다. 청각장애 때문에 오히려 아무것도 들리지 않아 연구에 몰두할 수 있어 감사했을 뿐입니다."

에디슨은 자신의 단점을 장점으로 삼았습니다.
청각장애가 있어서 소리에 더 민감했기에
전화의 실용화에 힘썼고, 축음기를 발명해냈습니다.

발명왕 에디슨은 극복의 왕이기도 했습니다.

한계는 치약이다

치약을 모두 썼다고 하는 순간부터 한계는 확장됩니다.

치약의 모서리 부분을 누르면 치약이 나옵니다.

그래도 안 나오면 치약의 꼬리부터 돌돌 감아 누릅니다.
그러면 치약이 나옵니다.

그래도 안 나오면 치약의 꼬리부터 자로 눌러 끕니다.
그러면 치약이 나옵니다.

그래도 안 나오면 치약의 모서리를 이로 깨뭅니다.
그러면 치약이 나옵니다.

모든 방법을 다 써도 안 나오면 치약을 칼로 자릅니다.
그러면 아직 남은 치약을 쓸 수 있습니다.

우리도 마찬가지입니다.
한계라는 벽에 부딪히면 거기서 그만두는 것이 아니라
이 방법 저 방법 하다 보면 한계가 조금씩 늘어납니다.

한계를 만나면 생각하세요.
매일 짜는 치약처럼 어떻게든 짜버리겠다고!

한계

한계는
한 게 없으면
극복할 수 없습니다.

한계는
한 게 있으면
넘을 수 있습니다.

한계를 극복하는 것은
계속해보는 방법뿐입니다.

꿈을 꾸면
가치 없던 일이
가치 있는 일로 보입니다.

사랑하면
의미 없던 사람이
의미 있는 사람으로 보입니다.

꿈꾸고 사랑하세요.

꿈꾸고 사랑하자

Keep going

멋진 작품은 우연히 나옵니다.
우연을 계속하면 필연이 됩니다.
필연을 계속하다 보면 시대에 남을 작품이 나옵니다.

계속하는 사람은 걸작을 만듭니다.
Keep going, 계속하세요!

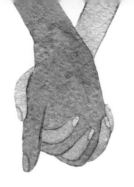

시작은 어렵습니다.
그래서
시작하기만 해도 큰일입니다.
그래서
'시작은 반'입니다.

끝은 훨씬 더 어렵습니다.
시작은 누구나 할 수 있습니다.
하지만
끝은 아무나 할 수 없습니다.
그래서
'끝은 전부'입니다.

끝은 전부

엔딩 크레딧

나는 싸이 패러디 UCC 〈멜빵바지〉를 만들었습니다.
이 영상은 4분가량이지만 영상을 촬영하고 안무 연습하고 녹음, 편집 등 영상 하나를 만드는 데
60시간 넘게 걸렸습니다.
영상 촬영과 안무를 제외하고 모두 제가 직접 했습니다.
영상에서 안 보이는 대부분의 작업을 모두 하느라 정말 힘들었습니다.
그리고 엔딩 크레딧을 이렇게 만들었습니다.

주연: 이창현
감독: 이창현
영상 편집: 이창현
노래: 이창현
개사: 이창현
코디: 이창현
장소 섭외: 이창현

이 영상을 만든 뒤부터 다른 엔딩 크레딧이 올라갈 때 카메라 뒤에 있는 사람들의 이름이 보이
기 시작했습니다.
배우 황정민 씨가 "다 된 밥상에 숟가락 하나 올렸을 뿐이다"라고 말했듯이, 이 책도 "다 만들어
진 차에 제가 시동을 건 것뿐이다"라고 말하고 싶습니다.
다연출판사 식구들을 비롯하여 책을 만드는 데 도움을 주신 모든 분께 진심으로 감사의 말씀
을 전합니다.

아람

1월에 아들이 태어났습니다. 아내는 아들의 이름을 '아람'으로 했으면 하고 나에게 의견을 물었습니다. '아람'은 순우리말로 '탐스러운 가을 햇살을 받아서 저절로 충분히 익어 벌어진 과실'이라는 뜻입니다.

뜻은 좋으나 아람이라는 이름은 남자보다 여자 이름이라는 생각이 많이 들었습니다. 나중에 출석이나 자기소개를 할 때 이름 때문에 "여자 아니고 남자입니다"라는 이야기를 수백 번도 더 해야 할 듯해서 처음에는 조금 망설였습니다.

예전에 스승님께 말을 잘하고 싶은데 어떻게 해야 하는지 물었습니다. 그러자 스승님은 책을 많이 읽으면 말을 잘할 수 있다고 말씀하셨습니다. 사실, 스승님의 말씀은 뻔하다고 생각했습니다. 나는 책 읽는 것은 비법이 아니라 하나의 방법이라 생각했습니다. 그해 내가 읽을 수 있는 만큼 책을 읽었지만, 말솜씨는 제자리걸음이었습니다. 조바심에 그만둘까도 생각했는데 강의 준비를 하기 위해서라도 책을 계속 읽어야 했습니다.

정말 신기하게도, 그렇게 책을 3년 남짓 꾸준히 읽었더니 조금씩 말솜씨가 늘었습니다. 다시 5년이 지나서는 말로 생계를 책임지는 프로강사가 되었습니다. 10년이 지나서는 말과 글을 쓰는 작가가 되었습니다. 말도 탐스럽게 잘 익기 위해서는 충분한 시간, 노력, 경험이 필요했습니다.

추석이 이르던 해, 성묘 갔다가 밤송이를 까보면 아직 익지 않았던 기억이 있습니다. 과일도 '아람'하기까지 충분한 시간, 햇빛, 물이 필요하듯이 사람도 충분한 시간, 노력, 경험이 필요합니다. 나도 사람인지라 어떤 일을 할 때 늘 빨리 잘하고 싶은 조바심이 납니다. 아들을 "아람아" 하고 부를 때마다 나 스스로 '아람'한 사람이 된다면 좋을 듯했습니다. 결국, 아들 이름을 '아람'으로 결정했습니다.

앞으로 아들도 '아람'한 사람으로 성장하기를 기도합니다. 하늘에서 내려준 선물 아람아, 우리에게 와줘서 고맙고 사랑한다.

참 잘했어요

초등학교 다닐 때, 일기나 숙제를 선생님께 검사를 맡았습니다. 숙제를 제출하면 선생님께서 "참 잘했어요!" 도장을 찍어주셨습니다. 나는 그 도장을 받기 위해서 숙제를 조금이라도 더 잘하려고 노력했습니다.

지금 생각해보면 그 도장은 큰 것이 아닙니다. 당시, 그 도장은 어린 나에게는 숙제와 일기를 쓰는 원동력이 되었습니다.

나는 하루에 하나씩 SNS 글을 쓰고 있습니다. 아픈 날, 바쁜 날, 게을러지는 날, 핑계 대고 싶은 날도 있지만 1년 넘게 계속 올렸습니다. 매일 하나의 글을 올리기가 쉽지만은 않았습니다.

제 글에 달리는 페이스북의 '좋아요', 블로그의 '공감', 인스타그램의 '하트', 독자들의 '댓글'은 어린 시절 '참 잘했어요!'와 같습니다.

저에게 '참 잘했어요'를 달아주며 응원해주는 독자들이 제 글과 제 삶의 원동력이 되었습니다.

PS
이 책을 빌려 제 글을 읽어주시고, 댓글 남겨주시고, '참 잘했어요'를 남겨주시는 독자님께 감사하다는 말씀을 전합니다.

PS 2
이 책을 모두 읽은 독자님께 제가 '참 잘했어요'라는 도장을 찍어드립니다.